「ねえ！　アナタも来ない？」
シャーロット・
有坂・
アンダーソン
Charlotte Arisaka
Anderson

君塚君彦
Kimihiko Kimizuka

「うん――
一年前と同じように、
待ってる」
Siesta
シエスタ

とある探偵の手記

20××年×月×日

この手記が後世に残る可能性は限りなく低いだろう。

敵に見つかり燃やされるか、

あるいは《[redacted]》による検閲が入るか。

だがおれは《[redacted]》として可能な限り記録を残す。

いつか誰かが見つけると信じ、後の英雄にこれを託す。

《[redacted]》に気をつけろ。

奴はすべてを奪い、壊し、そして生み出すだろう。

おれたちの想像を超越する最悪を。

おれは恐らく間に合わない。残せるものはこうした

手記とわずかな《[redacted]》ぐらいのものだ。

いつかお前たちの《[redacted]》で奴を止めろ。

それが叶わなかった場合、この世界が辿る運命は二択だ。

《[redacted]》に管理されるか、《[redacted]》による侵略を受けるか。

敵は近く、遠い。そのことだけは覚えておいて損はなかろう。

――やや脅しが強すぎたか。

もしもすべてをしくじった時は《[redacted]》を探せ。

世界の片隅にそれはある。

この手記を手にした者が、望む未来へ辿り着くことを心から願う。

探偵はもう、死んでいる。10

二語十

MF文庫J

ContentS

未来から贈るプロローグ …… 011

第一章 …… 022

間違いだらけの水着回 …… 022

永遠の正義の国 …… 026

百年後もここにある …… 036

遅れて来たメインヒロイン（？） …… 043

常闇の刺客たち …… 049

戦場を裂く紅い意志 …… 054

この純白たる正義の下に …… 064

8years ago Charlotte …… 076

第二章 …… 081

始まりを告げるコード …… 081

平行な二直線の距離を求めよ …… 089

トマト味の恩愛 …… 093

カウントダウンは始まった …… 101

二人の右腕 …… 108

交渉人、夏凪渚 …… 116

正反対の道標 …… 124

暗殺者は語りえぬ …… 131

15years ago Fubi …… 140

第三章 …… 147

たまにはキャンパスライフを …… 147

世界を変える《意志》 …… 152

最愛の我が子 …… 162

殺戮へ至る暗号 …… 168

悪の種子 …… 175

エージェントの慟哭 …… 184

ここから先の物語は …… 192

暗殺者の弟子 …… 199

名探偵の因果 …… 206

とある夢の幕間 …… 214

第四章 …… 220

Side Charlotte Ⅰ …… 220

Side Fubi Ⅰ …… 227

Side Charlotte Ⅱ …… 231

Side Fubi Ⅱ …… 239

Side Charlotte Ⅲ …… 249

Side Fubi Ⅲ …… 261

Side Charlotte Ⅳ …… 274

Side Fubi Ⅳ …… 287

エピローグ …… 300

1week ago Nagisa …… 311

未来から贈るエピローグ …… 319

口絵・本文イラスト●うみぼうず

【未来から贈るプロローグ】

俺の革靴がガラスを踏んだ音が、静寂な廃墟《はいきょ》に響き渡った。

そしてすぐに俺をなじる声。物音を立てないようにと人には注意しておきながら、自分はまああの声量で叱ってくる。

「バカか、君は」

「君が物音を立てたからもう静かにする意味もないでしょ？」

「はいはい、俺が悪いさ」

荒れた暗い屋内。俺は足元に気をつけながら、探偵の……シエスタの隣に並んだ。

「そもそも物音を立てたくないならシエスタが俺をおんぶして運ぶべきじゃないか？」

「開き直り方が常軌を逸しているね」

シエスタは大きくため息をつきながらも「乗る？」と背中を見せてくる。

「世間のイメージ的におんぶとお姫様抱っこ、どっちがマシだろうな」

「どっちも最悪だと思うよ」

なるほど、成人男性は辛《つら》いな。

「にしても、久しぶりだな。異国に来て、二人きりでこういう仕事をするのも」

俺たちが今いるのは母国から一万キロメートル離れたアメリカ東部の田舎町、さらにその外れに佇《たたず》む廃墟《はいきょ》。俺とシエスタはここで、とある人物を探していた。

「バカか、君は」

「ペースが早いな」

「懐かしがってる暇はないよ。ここがハズレなら、すぐ次に行かないと」

「分かってる。渚《なぎさ》とミアの方もそのつもりだろうからな」

同じく遠い異国でミッションを果たしている二人に思いを馳《は》せていると――シエスタが立ち止まった。まさか。

「下がって」

なにかが来る。俺が悟った時にはすでに、それを迎え撃つようにシエスタが前に飛び出していた。間もなく鳴った銃声。シエスタが発砲したのだ。

「……っ」

だが狙いは外れ、シエスタが舌打ちをする。

暗闇の中で敵の影が動いた。打撃音が響き、シエスタの右手から銃が零《こぼ》れ落ちた。

「シエスタ！」

俺はキャップのついたナイフを投げ渡す。敵が何者かを考えれば、案外こっちの方が使い勝手がいいかもしれない。

「あなたとやり合うのは何年ぶりかな」

ナイフのキャップを抜いたシエスタが、わずかに微笑《ほほえ》んだ気がした。

暗闇の中、金属音が鳴る。敵もシエスタと同じような得物を抜いたのだ。そして文字通り火花を散らしながらナイフを打ち合う。足場も視界も悪いこの場所を戦場に選んだ彼女たちは、今この瞬間に上なのはどちらかを競い合う。

やがて俺にも一旦決着がついたと分かったのは、打ち合うナイフの金属音が完全に止《や》んだ時だった。俺は探し当てていた建物の非常用電源を入れる。それでも薄暗い灯《あか》りの中、武器の折れた二人の姿がぼんやりと浮かび上がる。シエスタと、そしてもう一人。

「どうする？　まだ戦ってもいいけど──風靡《ふうび》」

シエスタは紅髪の刑事に、いや、暗殺者に問う。

「武器なんかなくてもあなたは戦えるでしょ？」

「純粋な肉弾戦となると、アタシはお前を殺してしまうかもしれないが？」

手加減の方法を忘れてな、と風靡さんは唇の端を上げた。

「……じゃあ、なに？　今も手を抜いていたと？」

「はっ、まだ子供だな。名探偵」

引き分けだ、引き分け。そう言って風靡さんは壁に背を預け一服を始める。この人が煙草《たばこ》を吸っているのを見るのは、いつ以来だろうか。

「探しました」

俺がそう言うと彼女は一瞬だけ視線を寄越《よこ》し、長く煙を吐き出した。

元《暗殺者》加瀬風靡《かせふうび》。昔からの顔馴染《かおなじみ》の警察官にして、その正体は裏世界で暗躍する殺し屋。これまで《連邦政府》の命令で、数々のターゲットを闇に屠《ほふ》ってきたらしい。俺にとっては味方でもあり、時に敵でもあり……今は果たしてどうだろうか。

約一年前、《大災厄》という世界の危機が収束した直後、彼女は国家反逆罪を名目に投獄されていた。風靡さん自身はそれに納得している様子だったものの、ブルーノ・ベルモンドが《聖還の儀》にて起こした叛逆《はんぎゃく》の混乱に紛れて脱獄。

俺やシエスタたちは失われた世界の記録——特に《怪盗》にまつわる情報を手に入れるため、当時その捜査の中心にいた風靡さんの行方を追っていた。

「なぜここが分かった？」

風靡さんは煙草《たばこ》を指に挟んだままシエスタに訊《き》いた。

「政府の追手を躱《かわ》しているあなたは、今もブルーノさんの手引きを受けているはず。彼が生前、隠れ家として使っていた場所をしらみ潰しに当たっただけ」

そう、だからこそ今も渚《なぎさ》とミアは別行動。彼女たちも、風靡さんの潜伏先の候補を当たっているところだった。

「他の元《調律者》とは一緒じゃないんですね」

たとえば《発明家》や《革命家》や《名優》、彼らもみな生前のブルーノとある同じ目的で動いていたはずだった。

「アタシはあいつらとまで一枚岩というわけじゃない。アタシは自分の基準で動く」

「誰も信用してないと？——今も」

俺の問いに風靡さんは押し黙る。

やや間を置いて、代わりにシエスタが口を開いた。

「シャーロットを知らない？　あなたを追っていたみたいなんだけど」

それは俺たちにとって最も重要な本題の一つだった。ここ数週間、連絡の途絶えているシャーロット。彼女が最後にシエスタに残したメッセージによれば、もし自分と連絡がつかなくなったら加瀬風靡を探してほしいとのことだった。

「知らんな」

だが風靡さんは怪訝《けげん》そうに煙草を手持ちの灰皿で潰した。

「そもそもだが、あいつに限らず誰かがアタシを尾行していたら必ず気付く」

それは随分な自信だが……嘘《うそ》をついているようには見えない。

「じゃあ、その前段階でシャルの身になにかが起きたってことか？」

たとえば誰かに攫《さら》われた、だとか。

「現状、《黒服》を使っても見つからない。でもそれは逆説的に言えば、敵はそれが通用しない相手ということ」

シエスタはあえて「敵」という強い言葉を使って考察を試みる。

「だとするとシャルを攫《さら》った相手は……まさか《連邦政府》か？」

シャルをなにかの脅しの材料にでも使うつもりなのか。仲間の命が惜しければ、という俺たちに対する脅迫？　いや、だとすればとっくにコンタクトを取ってきているはずだ。政府にはシャルを攫った合理的な理由がきっと他にある……。

「用件はそれだけか？」

一旦手詰まりになった俺たちを見て風靡《ふうび》さんが切り出した。

「アタシは仕事がある。一年塀の中にいた分、山のようにやることがあってな」

気が変わらないうちに帰れ、と目を細める。

いつまた煙草《たばこ》をナイフに持ち替えてもおかしくない目つきだった。

「そう？　私もあなたも、目的は同じなんじゃないかと思ってたけど」

シエスタが言うと、風靡さんの眉がわずかに動いた。

「失われた過去の記録を取り戻す。少なくとも私たちにその記憶を思い出させる。あなたが生前のブルーノさんの手引きで動いているなら、そう考えてるはずだけど」

ブルーノはいち早くこの世界が今陥っている危機に気付いていた。たとえば《怪盗》、たとえば《虚空暦録《アカシックレコード》》、たとえば《特異点》。それらの記録が地球上から消え、人類の記憶も書き変わっていると。

だからこそブルーノは警鐘を鳴らし、政府にまで反旗を翻した。そしてそんな遺志を残る元《調律者》らに託したのだ。俺たちと風靡さんは、立場は違えど向かおうとしている方角は同じはずだった。

「ねえ、風靡。あなたはどこまで覚えてるの？　どこまで思い出しているの？」

シエスタが訊《き》いて、何度目かの静寂が訪れる。長らくブルーノとコンタクトを取っていたと思われる風靡さんは、俺たち以上に真相に近づいている可能性が十分あった。

「お前たちはそれを取り返す道具を探してるんだろ？」

問いへの答えではない。だが意味のあることを風靡さんは口にした。ブルーノから聞いていたのだろう、《聖遺具《せいいぐ》》の存在を。

「今見つかっている《聖遺具》は二つ。そして三つ目は、ここにあるんじゃないかと私は予測している」

シエスタが指を立てながら説明を試みる。

「日本のある地点を起点に、一つ目の《聖遺具》が見つかったブルーノさんの邸宅まではちょうど一万キロメートルだった。ミアが見つけた二つ目のそばに立っていた《終末時計》までも同じ一万キロメートル。そして今、私たちがいるこの場所も、ね。仮説というほどじゃないけど、さすがに示唆的だと思って」

「だからアタシの潜伏先としてもここに目星をつけたと？」

風靡《ふうび》さんに問われ、シエスタは薄く微笑《ほほえ》む。

「それで、お前の言う日本のある地点とはどこだ？」

「ん、まあ、それは後で世界地図でも眺めてみてよ」

事実、大まかな場所は少し調べればすぐに分かる。シエスタの言うある地点とは、日本の北陸地方のことだった。

だがさらに細かい場所は、現状シエスタしか知らない。ブルーノの邸宅や終末時計の場所は、それぞれノエルとミアからシエスタが聞いて割り出したからだ。そしてシエスタはその起点となる具体的な場所を俺には言わなかった。

でも、俺にはなんとなく分かる気がした。そこは今から約七年前のゴールデンウィーク、ある事件をきっかけに訪れた、思い出と因縁が詰まった場所だった。

「私たちは今も、彼に導かれてここにいる」

シエスタの言う「彼」、それは一体誰なのか。

分かるような気がした。でも同時に、まだ今はそれを知る時ではないような気もした。

「さあ、手分けして《聖遺具《せいいぐ》》を探すよ」

シエスタが先頭を切って歩き出す。

植物が生い茂る薄暗い廃墟《はいきょ》。元は地主の邸宅だろうか。五分ほど探索していると、シエスタが俺たちを呼んだ。

「ここ、音が違う」

シエスタが靴で床を何度か踏むと、わずかに反響するような音が鳴った。

「下がってろ」

すると風靡さんが、俺たちに五メートルほど距離を取らせた上でなにかを放り投げた。

数秒後、爆発音と共に粉塵《ふんじん》が巻き上がる。

「さあ、《聖遺具》とやらを取りに行くぞ」

「壊れてたらどう責任取るつもりです？」

ため息をつきつつ破壊された床を覗《のぞ》き込《こ》む……と、そこは空洞。どうやらちょっとした地下通路になっているらしい。

「私が行ってくるよ」

懐中電灯を手にしたシエスタが躊躇《ためら》いなく飛び降りる。コツ、コツと足音が遠ざかり、だが数十秒でその音は止まる。それから間もなく足音は近づいてきて、戻ってきたシエスタの腕には黄土色をした三角錐《さんかくすい》のオブジェが抱えられていた。

「祭壇みたいな場所に飾られてた」

シエスタはそう言いながら、風靡さんが伸ばした腕を掴《つか》んで登る。シエスタが片腕に抱えていたのは、間違いなく三つ目の《聖遺具》と思われた。

「助手？」

やがてシエスタが気付いた。俺が《聖遺具《せいいぐ》》を前に、手を伸ばそうとしないことに。

「分かってる。俺がやらないといけない。これに触れて記憶を取り戻さないといけない。でも俺は多分、また知るべきじゃないことまで知ってしまう」

前回がそうだった。俺が見た吸血鬼の王の最期。あれは俺が知るべき物語ではなかったような気がした。王と花嫁だけの世界で完結させるべきだったのではないか、と。

「人の物語に干渉する権利なんて、本来あっていいはずがないんだよな」

たとえば《特異点》だなんて、つい最近まで忘れていたその設定もだ。もしかすると、俺は自らの意志でそれを忘れたのではないか。いつかアイスドールに言われたように、俺は《特異点》という役割から逃げ出し、世界に関わることを自ら放棄したのではないか。

「なんてな」

分かっている、俺がこれに触れなければ物語は始まらない。

するとシエスタは苦笑し、だがその掌《てのひら》を俺の手に重ねた。言葉はない。彼女が目覚めてから、いや目覚める前から、十分に言葉は交わした。

俺たちは重ねた手で《聖遺具》に触れる。

三度目の、走馬灯のように記憶が駆け巡る感覚。欠けていたピースが埋まり、失ったことさえ気付けなかった物語が急速に補完されていく。そうして――

「――っ!」

これまでの二回以上に流れ込んできたあまりの情報量に、思わず吐き気が込み上げた。

「──ああ、そうだ。そうだった」

シエスタが背をさすってくれ、少し落ち着きが戻る。あの日俺たちは知ったのだ。《虚空暦録《アカシックレコード》》の正体を。そして、それを知った俺たちは……。

「…………」

一瞬、風靡《ふうび》さんと視線が合い、それからすぐに彼女は目を逸《そ》らした。

分かっているのだろう。俺がこれから語る話には、どうしようもなく彼女に深く関係するあの男が──あの正義の味方が出てくることを。

「助手、聞かせてくれる？」

シエスタが青い瞳で俺を見つめる。

今回の物語の始まりは《吸血鬼の反乱》が起きた後、《連邦政府》をはじめ、世界中に混乱が生じ始めたあの頃のこと。そして十二人目の《調律者》である《怪盗》と、世界の秘密の核心《虚空暦録》に近づいたあの出来事の話だった。

「本当は、俺にこれを語る資格があるとは思えない。だから途中で問題があると思ったなら、遮ってくれても構わない」

俺はそう前置きをして、語《かた》り部《べ》として口を開く。

これは、いくつかの正義のあり方を問う物語だった。

【第一章】

◆間違いだらけの水着回

八月。夏の午後の日差しに照らされて青い海が輝く。

ここが日本であれば水着姿の若者たちが我先にとはしゃいでいたはずだが、この国の人たちは主に日光浴のためにビーチを訪れるらしく、海に入っている人はあまりいない。俺も彼らと同様、小石が敷き詰められた礫浜《れきはま》に座って海面を漫然と眺めていた。

「お待たせ」

数分後、待ち人がやってくる。ビジネスパートナーにして大学の同級生——水着姿の夏《なつ》凪渚《なぎなぎさ》。俺たちは夏季休暇を利用して、ここイギリスを訪れていた。

「あれ、なんか思ってた光景と違う?」

しかし夏凪は、日本とは様子の違うビーチに困惑しつつ隣に座る。

「てか、なんかちょっと寒いし」

「イギリスは真夏でも二十度そこそこまでしか上がらないからな」

「知らなかった。せっかく水着回だったのに……」

夏凪はこのために買ったという自分の水着を見つめながら唇を窄《すぼ》める。

去年も同じようなことを言っていた気もするが、まあいい。

「そもそもこの国にだって遊びに来たわけじゃないからな」

「分かってるって。《名探偵》として、《連邦会議》にはちゃんと出席しないとね」

普段は散り散りになっている《調律者》が、《連邦政府》の要請のもと集められるその会議。今回その招待状が届いたのは一週間前のことだった。

具体的な用件は書かれていなかったものの定型文ながら《調律者》は参加必須とのことで、俺と夏凪は開催地であるこの国に来ていた。

「楽しい用事ではないだろうけどな」

物事が万事うまく行っていたら会議なんてやる必要はないはず。

実際、あの《吸血鬼の反乱》以降、《連邦政府》を始め世界の動きは慌ただしい。当然だが《吸血鬼》の後任も決まっておらず、《調律者》の席は一つ空位のまま。《名探偵》の次なる使命すら定まっていない有様だ。もしかすると荒れた会議になるかもしれない。

「会議は夕方からだったよな？」

「うん。だからせめてその前に、ちょっとぐらい楽しまないとね」

水着姿の夏凪は膝を抱えて微笑《ほほえ》む。

昔の名探偵と同じようにこの遠征を旅行として楽しんでいるようだった。

「ねえ。サンオイル塗ってよ」

夏凪は声のトーンを上げ、後ろを向く。

そこまで日差しが強くないとはいえ、素肌を前面に晒《さら》す以上ケアは必要か。俺はボトルを手に取り、掌《てのひら》に垂らしたオイルを夏凪《なつなぎ》の健康的な肌に塗る。

「……んっ！」

背中に手を触れた瞬間、夏凪の身体《からだ》がびくんと跳ねた。

「ベタに変な声を出すな！」

「み、水着回に定番のシチュエーションでしょ！」

さっきから水着回にこだわり持ちすぎだろ。

「君塚《きみづか》は王道ってものを分かってないんだよ」

「夏凪の考える王道が世間の常識とイコールとは思えないが」

「ひどっ！　普通に水かけ合ったり、ビーチバレーしたり、水着が流されちゃって意中の男の子に胸を見られちゃうんだけど、でもその男の子は少し照れながらも他の人の視線から守るように岩場の陰まで手を引いてくれたりするだけだけど！」

「意中の男にうっかり裸体を見られたがるなよ」

やれ、夏凪のこういうところは本当に心配になる。人のためなら自分を簡単に差し出してしまいそうなところというか。

「ちゃんと大事なものは人に奪わせるなよ？」

背中にオイルを塗り終えると「分かってる」と夏凪はこちらを向く。

「大事なものは、ちゃんと大事な人に貰《もら》ってもらうから」

宝石のように輝く瞳は俺をじっと見つめる。出会った時はあどけなさが残っていた少女も、今は大人になってより美しくなっていた。

それから夏凪に誘われて海へ行く。やはりベタなことをやりたいらしく「えい」と水をかけてきた。なかなか冷たい。というわけで俺も倍にして水をかけ返す。

「ひゃっ！　ちょっと、やりすぎでしょ！」

「探偵は王道をお求めだと聞いたからな……って、うお！」

倍返しどころじゃない。十倍殺しぐらいの波が襲い、頭からびしょ濡《ぬ》れになる。

「理不尽だ」

「あはは、シエスタとも昔こういうことした？」

「まあ、三年も旅してたらな」

シエスタと行ったいくつかの国とビーチを思い出す。さっきのように水浴びをしたり、バナナボートに乗ったり、ビーチバレーをしてみたり。

事件とその解決が最優先だった俺たちにとってそれらは大した出来事ではないはずで……それでも日々生きていてふと思い出すのは、そんなどうでもいい記憶ばかりだった。

「じゃあ、あたしたちで沢山語って聞かせないとね」

「ああ。きっといくら時間があっても足りないな」

シエスタの手術は、もう間もなくに迫っていた。

かの《発明家》スティーブンが作り出した人工心臓と、シエスタの左胸にある《種》に蝕《むしば》まれた心臓を取り替える大手術。もし成功したとしても、自身の意識をその特別な心臓に委ねていたシエスタは、記憶や人格を喪失した上で目を覚ますかもしれない。

でも俺たちはそれを選んだ。そうしてでも彼女に生きてほしかった。だからいつか目覚めたシエスタ相手に俺たちは語って聞かせるのだ。

彼女のコードネームを。好きだった紅茶の香りを。共に過ごした思い出を。そうして俺たちの手でシエスタを再び探偵に戻す。

「俺が全部覚えてる。あいつの代わりに、俺が」

だから大丈夫だ。

あと少し。暖かな日差しの下で、探偵が立って歩けるその日まであともう少し。

「待ってろ、シエスタ」

眩《まぶ》しい太陽に向かって心の中で手を伸ばした。

◆永遠の正義の国

ビーチを後にした俺と夏凪《なつなぎ》は、《連邦政府》が用意した車に乗り込み移動する。

連れて来られたのは不自然に人払いされた世界遺産の宮殿だった。ここが《連邦会議》の行われる会場らしい。

午後四時、夏凪と共に入り口をくぐる。長い廊下を歩いた先、会議が行われる広間にはすでに何名かの先客がいた。

「よ、よかった。やっと知り合いが来た……」

その中の一人、巫女《みこ》装束を着た青髪の少女がパタパタと近寄ってくる。

《巫女》ミア・ウィットロック。

いつも会うのはパソコンの画面越しばかりで、こうして直接会うのは久しぶりだ。

「ミア、来てたんだな」

「うん、けどもう帰ろうとしてたところ」

会議が始まる前から帰ろうとするなよ。

「オリビアさんは一緒じゃないの？」

夏凪がミアに訊《き》く。近くに巫女の使いの姿は見られない。

「表の仕事が忙しいんだって。最近は飛行機に乗ってばっかり」

ミアは小さく頬《ほお》を膨らませながら、今も上空一万メートルで客室乗務員をやっているオリビアに文句を言う。

「じゃあ一人で来たのか。引きこもりなのに偉いな」

「ひ、引きこもりって言わないでよ。……さすがに国内だったから今回は参加しないとマズイかなと思って頑張って来たんだから」

なるほど。しかし知り合いもおらず、早速いたたまれなくなっていたらしい。相変わらず可哀想《かわいそう》で可愛《かわい》い。

「じゃあ、あたしと一緒に座ろ！」

すると夏凪《なつなぎ》はミアの手を引いて近くの高級そうなソファに座った。

残された俺は改めて辺りを見渡す。

洋館の客間のようなこの部屋には有名デザイナーが作ったと思《おぼ》しきテーブルや椅子があちこちに置かれ、先客の《調律者》たちは各々の場所にいた。

一人はダークスーツに身を包んだサングラスの男──俺もよく世話になっている《黒服》だ。そして残るは二名。黒いベールで顔を隠した長身の女と、バイクのメットを被《かぶ》ったライダースジャケットの男。二人とも素顔は見えない。

「女の子の方が《革命家》、そして男の子の方が《名優》だよ」

突然そんな説明が近くから聞こえてきて思わず振り向く。

気配もなく、隣には一人の老父が立っていた。

「久しぶりだね。《特異点》、あるいは《名探偵》の助手」

《情報屋》ブルーノ・ベルモンド。

去年の夏頃、シエスタと共に参加した《連邦会議》以来の再会だった。

「この前は夏凪が世話になったな」

ブルーノとはこうしたオフィシャルな場では会えるものの、私的な用事で接触することは難しい。だが数ヶ月前、《吸血鬼の反乱》が起きた際に夏凪はブルーノの力を借りるべくコンタクトを取っていた。

「いや、あれは私にとっても意義のある密談だった」

バランスは調律されている、と。そう言ってブルーノは夏凪の方に目を向けた。

「そうか、君たちはそういうコミュニティを作ったか」

ブルーノの視線の先。夏凪はノートパソコンを開いており、隣に座るミアはその画面に向かってなにやらボソボソ呟《つぶや》いている。

そこに映っているのは《魔法少女》リローデッド。故郷である北欧の地からリモートでこの会議に参加することになっていた。どうやらミアと言い合いになっているようだが、いつも通り大した喧嘩《けんか》じゃないだろう。

「それで？　ブルーノ、あんたはあっちの二人と仲良しなのか？」

俺は視線で《革命家》と《名優》の二人を指す。前者は亡きフリッツ・スチュワートの後任だろうが、《名優》の方は一体どんな役職なのか。

「この世で最も大事なことは、秤《はかり》の傾きを見誤らないことだ。いつか彼らと手を組むことで世界のバランスを保てる日が来るとすれば、その時私は寸刻も迷わないだろう」

ブルーノは婉曲的《えんきょくてき》なことを言いながら、近くのロッキングチェアに腰掛けた。あの二人を紹介してくれるわけではないらしい。

「《発明家》はさすがに来てなさそうだな」

医師としても多忙を極めるスティーブン。シエスタも含めてあの神の手を必要としている患者は多い。今もここではないどこかでメスを握っているはずだ。

「あと来そうなのは風靡《ふうび》さんぐらいか」

「ああ、しかし《暗殺者》も今は忙しいはずだからね」

ブルーノはそう言いながら「久しぶりに会いたかったが」と顎髭《あごひげ》をなぞる。

であれば《調律者》の出席者は全部で七名──《名探偵》、《巫女《みこ》》、《黒服》、《革命家》、《名優》、《情報屋》、リモート参加の《魔法少女》。

ついこの前まで《調律者》だったはずの《吸血鬼》はもういない。その役職名が再び世に刻まれることは、もう──

「そろそろ時間か」

ブルーノが柱時計に視線を送る。

直後、広間の扉が開いた。

入ってきたのは仮面を被《かぶ》った人物――間違いない、《連邦政府》高官だろう。そしてもう一人、その背後から俺も見知っているスーツ姿の男が現れた。

「え、大神《おおかみ》さん？」

同じく気付いた夏凪《なつなぎ》が声を上げた。

元、探偵助手代行――大神。俺がリローデッドの使い魔をやっている間、政府から派遣されて夏凪のサポートをしていた男だ。その後も風靡さんを介して一度は会ったが……。

「なぜ《調律者》でもない大神がここにいる？」

「君塚君彦《きみづかきみひこ》、その言葉はそっくりそのまま返す」

大神に冷静にいなされ、思わず言葉に詰まる。

「俺は、ほら、あれだ。なんてったって《特異点》だからな」

「急にその設定に頼り始めたな」

「……うるさいな。で、なんで大神が政府の高官と一緒にいる？」

再度尋ねると大神は「ドーベルマンに訊《き》いてくれ」と言う。

「ドーベルマン？　なんのことだ、俺がリルの忠犬って話か？　それなら間違いないが」

『君彦、あなたプライドとかもうドブに捨てたの？』

タイミングよく聞こえてきた鋭いツッコミ。

夏凪がこちらに向けたパソコンにはジト目のリルが映っていた。

『ドーベルマンはその高官のコードネームよ。《魔法少女》の担当……というわけではないけど、何度か喋《しゃべ》ったことはあるわ』

なるほど。アイスドールにオーディンに、少しずつ高官の名が割れてきた。

「彼には《執行人》の座についてもらうことになったのだ」

するとドーベルマンは大神《おおかみ》のことを指して言う。

「前任者亡き後、長らく《執行人》は空位になったままだったが――先日《吸血鬼》が死に、《魔法少女》も怪我《けが》を負っている今、《調律者》として稼働できる者を一人でも増やすことは急務だった」

「と、いうことらしい。別に俺自身は役職にこだわったことはなかったが」

大神は肩を竦《すく》める。だが旧知だったというダグラス・亜門《あもん》の座を継ぐとすれば、大神以上の人材はいないだろう。

『にしても珍しいのね、政府高官自らこういう場に出向くだなんて。大体こういうのはリルたち《調律者》に任せてたでしょ』

リモートでも関係なく魔法少女は強気に出る。

『今回の会議の議題はなに？　最近あった一番大きな危機は《吸血鬼の反乱》だったはずだけど、もう三ヶ月は経《た》ってるでしょ？』

「ああ、ゆえに今日は別件だ。すでに終わった危機ではなく、これから起きる――いや、すでに起きている危機について話がしたいのだ」

ドーベルマンが言い終えたその時、広間の奥にあったスクリーンにある画像が映し出された。端的に言えば、事件現場。二人の男女が血だらけで倒れていた。

「被害者はギリシャ在住の四十代の夫婦。彼らを刺殺したのは中学生の一人息子だ」

「……じゃあ、解決済みの事件なのか？」

目を覆いたくなる凄惨な事件であることには違いない。だが、なぜすでに終わった殺人事件についてドーベルマンは《調律者》に話すのか。

「なにか、書いてある」

夏凪《なつなぎ》がソファから立ち上がり、スクリーンを見上げる。

「アルファベット……いやギリシャ文字の、Α《アルファ》？」

探偵の言う通り。夫の方の遺体のそばには、Aの文字があった。

赤い字で。つまりは、血で書かれた字で。

「実はこれと似た事件がこのひと月、世界中で多発している」

ドーベルマンがそう言うと、スクリーンの画《え》が切り替わる。次々に映し出される殺人事件の現場。そのどれもにアルファの血文字が刻まれていた。

「これらの事件の共通点は血文字以外にもう一つ。加害者は全員、被害者の子ども。つまりは子による親への尊属殺人だ」

スクリーンには数十枚の写真が並ぶ。血だらけの殺人現場。被害者は三十代～四十代と見られる人物ばかり。加害者はみな彼らの息子や娘だと言う。

「でも国籍はバラバラか」

共通点があるようで、ハッキリはしない。一体この事件はなんなのか。

「この件について、巫女《みこ》の《聖典》はなにを示している？」

ドーベルマンが尋ねた。まるでなにかを確信しているようでもあった。

「やっぱり、そのために私たちを呼んだのね」

声の方を振り向くとミアが立ち上がっていた。


「この事件《ネバーランド計画》には、アベル・A・シェーンベルクが絡んでいる」

あらゆる災厄を予言する巫女は、とある大罪人の名を口にした。

アベル・A・シェーンベルク。国籍、年齢など個人を特定できるプロフィールは一切不明の影の犯罪者。これまで世界中で起きた未解決事件の大半に関わっているとされ、警察やそれに準ずるあらゆる組織が追い続けている。

「でも、この危機については今、《暗殺者》が対処していると聞いてたけれど」

「ああ、その通りだ。どうやらこの会議にも出席できぬほど使命に邁進《まいしん》しているらしい」

……そういうことだったか。実際、風靡《ふうび》さんの《暗殺者》としての使命はアベルの処分であると最近も聞いていた。

「しかし、この事件の黒幕がアベルだとするなら、その解決も《暗殺者》の職務だろう。なぜわざわざ俺たち《調律者》を集めた？」

そうドーベルマンに訊《き》いたのは大神《おおかみ》だった。新参だからといって臆することはない。

《調律者》を引き受けたのも、なにか思うところがあってのことだろう。

「特別な事情があったんじゃないか。たとえば」

俺の呟《つぶや》きに大神や他のメンツが振り向く。

「アベルの正体が本当は《怪盗》アルセーヌだから、だとかな」

それは以前、風靡さんが俺に語っていた仮説。

数名が息を呑《の》む音が聞こえ、その後は十数秒にわたって沈黙が降りた。

「確かに、そのような説もあるとは聞く」

やがてドーベルマンが口を開いた。

「ただ、少なくともアベル・A・シェーンベルクの脅威は計り知れない。もはや《暗殺者》だけに委ねておくのは得策とは言えぬだろう。よって今、《連邦憲章》の例外を設ける」

ドーベルマンは仮面の顔でぐるりと広間を見渡しこう続けた。

「正義諸君。《調律者》の威信をかけ、アベル捕縛に協力を」

◆百年後もここにある

『へえ、ここが君彦《きみひこ》と先代《名探偵》の愛の巣ね』

――あれから。会議が終わり、俺たちはロンドンのアパートに帰ってきていた。そして
ダイニングテーブルの上、ノートパソコンの画面の中でリルが部屋を覗《のぞ》き込《こ》むようにする。

「語弊がありまくりだ。ただの仕事の拠点だ、ここは」

昔シエスタが契約したこのアパート。当時は俺も彼女の助手として住み込みで働いてい
た。去年久しぶりに夏凪《なつなぎ》と所用で立ち寄ったが、訪れたのはそれ以来だ。

『ここがただの仕事場って言うなら、なんで何年も経《た》った今まだ解約してないの？』

「……それは、あれだ。こんな風にロンドンで仕事があった時に便利だろ？」

『費用対効果悪すぎでしょ。年一の仕事のために』

リルは俺の苦し紛れの言い訳に苦笑する。

「リル、あんまりいじめないであげて。君塚《きみづか》にとってこの家は、シエスタとの思い出が詰
まった大事な場所なの」

夏凪が俺の隣に座って助け舟を出す。

『なによ、それ。正妻の余裕？』

「まあまあ、元カノのあなたが焦るのは分かるけど落ち着いて？」

画面越しによく分からない煽《あお》り合いが発生する。

補足するまでもなく、どちらも妻でも彼女でもなかった。

「ただ、このアパートも老朽化が進んでてな。もうじき取り壊しらしい」

さっき夏凪が言っていた通り、ここにはシエスタとの思い出が残っている。

いつかあいつが目覚めた後、もしも記憶を失ってしまっていたらここに連れてきたかったのだが……どうやらそれには間に合わないらしい。

「だったらそれも君塚が語ってあげないとね」

夏凪が目尻を下げて俺を見つめる。

「この土地で二人がどんな仕事をしてたのか。どんな日々を過ごしていたのか」

「……ああ、そうだな」

アパートがなくなっても、あの日常は消えてなくならない。それを語り継ぐのも探偵助手の仕事だろう。

「ところで、ミアはどうした？」

一緒に連れて帰ってきたはずだが、そういえばさっきから姿が見えない。

「あ、寝室に案内したけど。疲れたから少し休ませてって」

「夏凪《なつなぎ》、それはあの巫女《みこ》を信用しすぎだ」

俺は立ち上がり寝室へ向かう。そして扉を開けると、そこにはベッドにうつ伏せになっているミアがいた。その顔はしっかり枕に埋《うず》められている。

「ミア、それはシエスタのじゃなくて俺の枕だ」

「ぎゃー！」

急ピッチで起き上がったミアが枕をぶん投げてきた。

「もう匂いなんて残ってないぞ」

「セ、センパイの匂いを嗅ごうとなんてしてないけど！　そんな変態みたいなこと私しないけど！」

ミアが小さな体躯《たいく》で、どしどし足踏みをしながらダイニングに戻ってくる。

『あーあ、まさか世界の運命を握る巫女がこんな変態だったなんてね』

リルが面白いものを見つけたように画面の向こうでニヤリと笑う。

『正義の味方が実はむっつりすけべな巫女だったなんて、キャラを欲張りすぎじゃ――』

「さて、そろそろ真面目な話をしましょう」

ミアが自然な動作でパソコンを閉じ、俺と夏凪の対面に座る。

だいぶリルに対して強く出るようになったな。

「どうするの？　あの高官が言っていた話」

「ああ、アベルを捕まえる協力をしてくれ、だったか」

政府高官がああして俺たちに頼み事（と言えるほど恭しくはなかったが）をするのは珍しい。アベルがそれだけの脅威ということだろう。

「あの場でドーベルマンは認めなかったが……もし本当に《怪盗》アルセーヌの正体がアベルだとすれば、そもそも奴《やつ》を捕まえるのは探偵とその助手の使命だ」

昔、シエスタにそう言付かっている。

「うん。だからこそあたしたちは、ドーベルマンの言ってた一連の事件も調べないと」

夏凪が深刻な顔つきになる。

世界中の子どもたちが自分の親を惨殺しているという痛ましい事件。アベルが関与しているそれは、ミア曰《いわ》く《ネバーランド計画》と呼ばれているらしいが。

「私の未来視でも、この事件の真相は分からない」

でも、とミアは唇を噛《か》む。

「どんなに憎しみの心があったとしても、子どもが自分の親を殺すところまで至るには必ず重大なトリガーがあるはず。もしもそこにアベルが関与しているのだとしたら、私は絶対に許せない」

「そうか。ミア、お前は昔……」

俺は彼女の出自を思い出す。ある日未来が見えるようになったミアは、両親が開いた宗教の教祖に祭り上げられ、道具にされた。それでもミアは両親のことを最後まで見捨てることはできず、彼らが信者によって殺される未来を防ごうと抗《あらが》った。

「私が言うのも変な話だけれど、あなたたちにお願い。この事件をどうか止めてほしい」

そうして巫女《みこ》はまるで依頼人のように、探偵に頭を下げた。

『じゃあ、リルからも』

パソコン画面に再び映ったリルが言う。夏凪《なつなぎ》が開いていたらしい。

『身体《からだ》がこうなってしまった以上、積極的な協力は難しい。ただ、あなたたちの正義が証明されることを心から祈ってる』

ミアとリル、二人の言葉を聞いて俺と夏凪は顔を見合わせ頷《うなず》いた。

「たまにはリルもいいこと言うのね」

『はあ？　ミアのくせに生意気』

わいわい、がやがや。画面を挟んでミアとリルが言い合いをする。今日一日、あの会議が始まる前から無限に喧嘩《けんか》をしている……が、しかし。

「あれ、この二人ってお互い名前で呼んでたっけ？」

「夏凪、気付かないフリも大事だぞ」

喧嘩するほどなんとやら。こういうコミュニケーションの形もありだろう。

「君塚《きみづか》もあたしのこと、下の名前で呼んでくれていいけどね？」

「……それは、あれだ。最初に出会った時にそう言ってくれてればな？」

「……出会い方、ミスっちゃったか」

夏凪が少しいじけたように前髪を指でくりくり触る。

と、その時。机に置いていた俺のスマートフォンが振動した。

だが一瞬で止まり、それから五秒後、再び鳴り出す。そんなサイクルがもう一回繰り返されたタイミングで、俺は画面の表示をちらりと見た。

「誰？」

「さあ。非通知だった」

俺は夏凪にそう言いながら立ち上がる。

「ちょっと飲み物でも買ってくる」

まだ近所のスーパーは開いてる時間だっただろうか。

「じゃあ、あたしはアイス！　フルーツ系がいいな」

「私はお菓子。甘いのとしょっぱいの両方ね」

『リルもそっちに行けばよかった。まあいいわ、お土産送ってちょうだい』

「お前ら俺をなんだと思ってる？」

三人の注文は無視して俺はアパートを出た。

星空の下、適度な涼しさを感じながら夜道を歩く。

スーパーは表通りにあるが、一本入った裏路地へ。そうして三分ほど歩いたところで、顔の真横を風が走った。——あるいは殺気と言い換えてもいい。

「っ、掠《かす》ってないか？」

俺は頬《ほお》から血が出ていないことを確認しようとするが、その隙も与えまいと二度、三度と殺気が迫った。

「こっちは武器もないんだぞ」

俺は身体《からだ》を投げ出しながら必死に躱《かわ》すが、四度目に来たそれはまったく見えず——もしも相手が容赦をかけてくれていなければそのまま俺は死んでいただろう。

「まだまだね、アナタも」

ダガーナイフをくるりと回転させ、そいつは殺気を解いて微笑《ほほえ》む。

「やれ。わざわざ出てきてやったのに酷《ひど》い仕打ちだな——シャル」

尻餅をついた俺を見て、ブロンド髪のエージェントは手を伸ばす。

シャーロット・有坂《ありさか》・アンダーソンとの八ヶ月ぶりの再会だった。

◆遅れて来たメインヒロイン（？）

多くのスーパーは閉まるような時間。ロンドンを一台の車が走っていた。

「なんか、様になるな。お前がハンドルを握ってると」

運転しているシャルを助手席から横目で覗《のぞ》く。

胸元の開いたシャツに黒いスラックス。スタイルは元からいいが、会わないうちにさらに進化した。化粧もなんだか大人びていて、どこかのスパイ映画にでも出ていそうだ。

「ついこの前までもっとアホっぽかったのにな」

「それ、褒めてないでしょ」

シャルは正面を向いたまま、左手を伸ばして俺の鼻を捻《ひね》ってくる。

「理不尽だ」

「変な声。会わないうちに声変わりした？」

「お前が俺の鼻を引き千切ろうとしてるからだ」

ふふ、と微笑んでエージェントはハンドルに手を戻す。

「改めて、久しぶりね。元気にしてた？」

「ああ、死なない程度にはな」

シャルと最後に会ったのは、去年の斎川《さいかわ》の誕生日パーティー。直後俺は魔法少女との一件に巻き込まれ、シャルはエージェントとして海外を拠点にするようになった。

それから約八ヶ月、シエスタのことなどでたまに連絡を取ってはいたが、まさか今日こうして会えるとは。シャルも偶然この国で仕事があったらしい。

「お前も無事でよかった。危険な目にも相当遭っただろ？」

「ええ、まあ。一生エピソードトークには困らないわね」

シャルは苦笑しながら、前方の赤信号を見てゆっくりブレーキを踏む。

「それにしてもキミヅカ、ちゃんと覚えてたのね。電話のあの合図」

「四年ぶりぐらいだったけどな。意外と忘れないもんだ」

さっきアパートにいる時にかかってきた非通知の着信。あの妙なコールの間隔は、昔シャルと仕事を共にする時に使っていた作戦開始の合図だった。シエスタに言われ、そういうサインを取り決めていたのだ。

だから今日も、シャルが近くに来てることはすぐに分かった。まさか挨拶がわりに襲ってくるとは思わなかったが。

「というわけで色々察して一人で出てきたんだが、なんで俺だけを呼び出した？」

「……言わなきゃ、ダメ？」

信号が青になり、シャルは車を発進させる。なぜか言い淀《よど》むその表情は、なにかを誤魔《ごま》化《か》しているというより若干恥ずかしがっているようにも見えて。

「少し、話したかったのよ。アナタと」

シャルの視線が一瞬だけ助手席の俺に向く。

「でも、違うわよ？　特別なあれじゃないわよ？　ただ、なんというか偶然アナタがこの国にいるって知って、じゃあ声をかけないのも変かなと思って……。ほら、マームに言われたでしょ？　もっと仲良くしなさいって」

急に早口で捲《まく》し立《た》てるシャル。なにを慌てているのかは知らないが、車窓の景色を一瞬で置き去りにするほどアクセルを踏み込むのはやめてほしい。

「それなら普通にアパートに来ればよかっただろ。夏凪《なつなぎ》もいたぞ？」

「う、うるさいわね。倍殺し！」

「人の口癖を奪ってやるな」

「だってワタシだけそういうキャッチフレーズ的なのがないんだもの」

「今さら変なやり方でキャラ立ちしようとするなよ」

と、ツッコみながら運転席を見るとシャルと目が合った。エメラルド色の瞳は俺を見つめ、ルージュの唇は微笑《ほほえ》むように弓形になっている。

「やっぱり、たまにはこうしてキミヅカと言い合うのも悪くないわね」

「……前向かないと事故るぞ？」

そう言いつつ俺が先に前を向く。

……まったく、調子がおかしくなる。一体どうしたのか、今日のシャルは。変に素直というか、俺に対して好意的というか。どんな心境の変化があったのか。

「それで？ いい加減このドライブの目的地ぐらい教えてくれないか？」

「目的地がないとドライブをしちゃダメなの？」

するとシャルはなぜか不満そうにむくれる。それだとまるで、本当に俺とたわいのない雑談をするためだけにこのドライブをしているかのようで……。

「……いい加減察しなさいよ、バカ」

対向車のヘッドライトが、暗い車内を一瞬だけ照らす。いつも俺に冷たく厳しかったエージェントの顔が、少しだけ赤く染まっているように見えた。

そうして夜のドライブは三十分ほど続き、やがて車は海岸付近の埠頭《ふとう》へ辿《たど》り着《つ》いた。

「休憩しましょう」

シャルに言われ、俺も車外に出る。夏とはいえ、この時間の海は少し肌寒い。

「ジャケット、羽織るか？」

俺は自分の上着を脱ぎ、軽く腕をさすっていたシャルに差し出した。シャルは一瞬驚いたように目を見張り、しかし「ありがと」と受け取った。

「キミヅカもこういうことができる男になったのね」

「まあな。ちなみに何ヶ月か前これができずに夏凪に叱られた」

もし今度、斎川《さいかわ》とこういう機会があったらすぐに手を握って暖めてやろう。きっと大喜びしてくれるに違いない。

「……ん？」

ふと、後ろの方で車の気配がした。

なんとなく振り返る。すると数台の黒塗りの車が雑に停車するところだった。

「平和な時間はもうおしまいか？」

今、正面は複数の車。そして背後は海。

これは……退路を塞がれたと考えるべきだろう。

間もなく車からは、奇妙なマスクを頭に被《かぶ》った集団が降りてきた。全員マントを着用しており、内側になにを隠し持っているか分からない。

「シャル、銃はあるか？」

俺は小声で訊《き》く。常に最悪の事態は想定しなければならない。あれが何者かは分からないが、少しでもこっちが有利になる展開を作っておかなければ……。

「って、おい！　シャル！」

ブロンド髪のエージェントは一人、マスク集団のもとに歩いていく。そして相手側からも一人、ヤギのようなマスクを被った人間が前に出た。

やがて二人は相対し、数秒睨《にら》み合《あ》いが発生する。沈黙を破ったのはシャルの方だった。

「約束通り、有坂梢《ありさかこずえ》の居場所を教えて」

シャルが言うと、ヤギ頭はマントの下からメモ用紙のようなものを取り出す。シャルはそれを受け取ると、一人向こうへ歩き出した。

「いや、ちょっ！　シャル、待てって！」

俺は背を向けたシャルを呼び止める。

が、俺の方に向かってきたのはヤギ頭を筆頭とするマスク集団だった。

手にはピストルと拘束具。つまり、これは……？

「シャル、さてはお前騙《だま》したな⁉」

俺の悲しき絶叫にエージェントは一度だけ振り返る。

「悪いわね、キミヅカ！」

その表情はムカつくほどに満面の笑みだった。

◆常闇の刺客たち

「あまりにも理不尽だ」

手錠と足枷《あしかせ》を嵌《は》められ、車の後部座席に転がされた俺は愚痴を吐く。あの後シャルは一人で立ち去り、俺は謎のマスク集団に車に乗せられこの有様だった。

行きのドライブはシャルと二人、珍しく楽しかったと思いきや……くそ、あの騙《だま》し方は卑怯《ひきょう》だろ。だがそれにまんまとハマった自分も情けない……。調子に乗ってジャケットまで貸した十分前の自分を殴り飛ばしてやりたかった。

「それで？　俺をどこに連れていく気だ」

いつかシャルは絶対ボコボコにするとして、そのためにもこの状況から脱しなければならない。俺は運転手——さっきのヤギ頭に、この地獄のドライブの行き先を尋ねた。

「お茶しに行くってわけでもないんだろ？」

車には、俺とヤギ頭しかいなかった。

「よく喋《しゃべ》るな、お前」

ヤギ頭は女だった。声はそれなりに若い。

「恐怖心とかないのか？」

「あいにく誘拐は慣れてるからな。ところであんた、マスクを脱いでみてくれないか？

美人には目がないんだ」

ノーリアクション。無駄な掛け合いに応じてくれるタイプではないらしい。

だったら。

「もう一度訊《き》く。俺をどこに連れてく気だ？」

少なくともすぐに殺すつもりはないらしい。であれば交渉の余地はあるはずだ。

「これが誘拐なら俺を買おうとしている人間がいるはず。そいつのところへ向かうのか？」

「お前の臓器を欲しているバイヤーは世界中にいる。一概にどことは言えない」

「俺はバラバラに解体されるのか!?」

どうやら相手は人身売買組織らしい。まさか俺の価値がそこまで高騰しているとは思わなかったが、やはり《特異点》という体質が理由なのか。だとすると。

「それを餌にシャルは俺を売ったのか」

そして対価としてあいつが手に入れたものは——

「——有坂梢《ありさかこずえ》とは、シャーロットの母親のことだな？」

再びノーリアクション。だが今度の無言は、肯定の証《あかし》のように思えた。

俺がシャーロット・有坂・アンダーソンのパーソナルな部分について知っている情報は二つ。一つは、シャーロットの日本人としてのルーツは母親由来であるということ。そしてもう一つは、彼女が密《ひそ》かに行方不明の両親を探しているということだ。

「昔から軍人だったあいつの両親は、ある日突然すべての連絡手段を断って姿を消した。仕事柄そうなることはあり得たし、シャーロットもそれを理解していた。たとえ会えなくなっても、両親は世界のどこかで重要な使命を果たし続けているはずだと」

でも、そう自分を納得させながらも、シャルは心のどこかで両親を探していた。たとえば自分もエージェントとして世界を飛び回る中で偶然再会することができるかもしれない、とほんの少し期待しながら。

そんな話を昔、聞いた。もちろんあいつが俺に喋《しゃべ》ったわけではない。シエスタに話しているのを偶然耳に挟んだだけだ。

「お前らと有坂梢《ありさかこずえ》にはどんな関係がある？」

さっきの埠頭《ふとう》でシャルは、ヤギ頭たちに有坂梢の居場所を尋ねていた。

「私たちと有坂梢との間に特別なコネクションがあるわけではない」

ヤギ頭はさして興味がなさそうに平坦《へいたん》な声で言う。

「ただ私らの組織はこの裏社会でそれなりに顔が広い。人探しは得意というだけだ」

「それを頼りにシャーロットは俺をお前らに売り飛ばしたと？」

「可哀想《かわいそう》にな。仲間に裏切られて」

──仲間。果たしてシャルはその言葉をどう捉えているのだろうか。

「ん、誰かいる？」

ふと道の先に小さな人影が見えた。

その影は堂々と車道の真ん中を歩いている。

だがヤギ頭はブレーキを踏まない。邪魔をするならそのまま轢《ひ》くぞと言わんばかりに車体はかなりのスピードを保ったまま直進し……次の瞬間、人影は消えた。

否、人影はこの車に向かって飛びかかってきた。

「ッ、何者だ！」

ヤギ頭が叫ぶ。

彼女は理解したのだ。この鉄の塊は今からあの影に呑《の》まれると。

間もなく、急ブレーキの音を聞きながら俺は車内で全身を強く打つ。ハンドルを切り損ねた車は、派手に外壁へ突っ込んでいた。

「……痛《い》ってえ」

俺は鼻血が垂れるのを自覚しながらどうにか上半身を起こす。フロントガラスは大破。運転席がほとんど潰れている中、ヤギ頭はぐったりハンドルにもたれかかっていた。

「……敵ながら助けてやりたいところだが、この状態だとな」

俺の手足には鉄の枷《かせ》。身動きひとつ取れない。さらに状況は最悪で、車からは小さな火の手が上がっていた。もしこのままガソリンに引火でもしたら……。

「っ、さすがにここでは死ねないな」

俺はミノムシのように身体《からだ》をねじって、どうにか車外に出ようと試みる。

「まだやり残したことも言い残したこともあるんだよ」

「ほお、たとえばどんなことを最後に言いたかった？」

「そんなの決まってるだろ。俺が本心ではどれだけ探偵のことを……」

……ん？　俺は今、誰と喋っている？

身体《からだ》が浮き、気付けば俺は何者かに抱えられたまま車外に出ていた。

そうして少し距離を取ったところで激しい爆発音が鳴る。さっきまで乗っていた車は大きく炎上していた。

「あと一歩遅かったらお前も丸焦げだったな。存分に感謝しろ」

「そのドヤリ方は気になるが……助かりました」

俺はその命の恩人に、すなわちさっきの影の主に続けて言う。

「ただ、そろそろ降ろしてもらっていいですか。風靡《ふうび》さん」

◆戦場を裂く紅《あか》い意志

現場から少し離れた路地裏に移動し、俺は建物の外壁を背に座り込む。

「助かった……」

さっきまで手錠を嵌《は》められていた手首をさする。手足の拘束具は、紅髪の警察官によって解除してもらっていた。

「間もなく、後始末を担当する連中が来る」

どこかに電話を掛けていた命の恩人が戻ってくる。

表の顔は警察官にして裏の顔は暗殺者――加瀬《かせ》風靡。

俺が彼女に救われた回数は数知れず、だが逆に面倒を押し付けられたことも多いためバランスはそれなりに取れているはずだ。

「後始末を担当する連中って地元警察です？　それとも《黒服》とか？」

「なんだっていいだろう。そういうのが得意な組織だ」

風靡さんはすでに仕事は終えたとばかりに煙草《たばこ》に火をつける。さっきの爆発の後処理やマスク集団の処遇は、然《しか》るべき組織に任せるらしい。

「それで、なんで風靡さんがここに？」

命の恩人に難癖をつけるつもりはないが、なぜ彼女がこの国にいるのか。《連邦会議》は欠席していたはずだが。

「元はアタシも会議に参加するつもりでここにいた。が、直前になって気が変わってな」

やれ、気が変わっただけであの重要な会議をドタキャンとは。

今は真夏の八月、女心と秋の空じゃあるまいし。

「いや、そもそも風靡さんに女心って表現は似合わないか。すみません」

「お前は今なにに謝った？　それとも今からまた本気の謝罪をするか？」

当然のように銃を取り出すおっかない警察官をどうどうとなだめ、話を戻してもらう。

「今日、アタシ以外の《調律者》は何人、会議に出席していた？」

風靡さんに問われ俺は指折り数えていく。

《名探偵》、《巫女《みこ》》、《魔法少女》、《情報屋》、《黒服》、《革命家》、《名優》、そして新たに加わった《執行人》、全部で八人。考えられる限りの《調律者》はほぼ全員参加している。

「アタシは思った。このままだと敵の裏をかけないと」

「敵?」

思わず訊《き》いてしまったが、一人しかいないだろう。今の《暗殺者》にとっての、そして俺たちにとっての敵——アベル・A・シェーンベルク。

「現状《連邦政府》がアベルとまともにやりあえるとは到底思えん。どうせ今日も《調律者》全員でアベルを捕まえろなどと甘いことを言われたろ?」

風靡《ふうび》さんはまさに見てきたようなことを口にする。

「だからアタシは、上の奴《やつ》らのルールブックから離れて一人で動く。アベルを倒すのに全員が同じ方向を向いているのは危険だ」

そう言うと風靡さんは俺の返事を待たず、煙草《たばこ》を持ち歩きの灰皿で潰した。

「たとえば、こういうこともあるからな」

次の瞬間、俺の身体《からだ》はアスファルトに押し倒されていた。サラサラと紅《あか》い髪の毛が頬《ほお》に触れる。風靡さんの顔がすぐ目の前にあった。

「なかなか強引に迫ってきますね」

「誰がお前みたいなクソガキを相手にするか」

直後、近くでボンッとなにかが小さく爆発する音が鳴った。

何者かの攻撃——どうやら俺はまたこの暗殺者に守られたらしい。風靡さんが退《ど》き、俺も顔を上げる。そこにはあのヤギ頭が立っていた。

「……その少年は返してもらう」

黒のボディスーツのような戦闘服を着た敵は、躊躇《ためら》いなくこちらへ突進してきた。風靡さんは俺を後ろに軽く突き飛ばし、ヤギ頭との戦闘に挑む。敵に武器はない。ただ身体そのものが凶器のように、繰り出される蹴りと拳が鋭く風靡さんに迫る。

「ただの誘拐犯ではなさそうだな」

風靡さんはそれをいなしつつも、やがてヤギ頭のひと蹴りが顔面を掠《かす》める。瞼《まぶた》の上からの出血、視界を血が覆ったその一瞬に敵は姿を消した。

それはなにも透明人間になったわけじゃない。ヤギ頭は壁を走っていた。建物の外壁を駆け上がり、跳躍。およそ二階建ての高さから、ギロチンのような蹴りを落とした。

「外連味《けれんみ》があるのもいい。だが」

風靡さんはアスファルトを転がりながら蹴りを躱《かわ》す。そして。

「派手さにこだわるあまり中身が伴わない」

引き抜いた銃で発砲。が、もうそこに敵はいない。その代わりに——

「俺を殺す気か！」

「アタシの射程範囲に入ったお前が悪い」

「どうせあんたの射程範囲、ロンドン中とかだろ」

と、そんな軽口を交わしている間にヤギ頭はダガーナイフを構え、風靡《ふうび》さんとの間合いを詰める。ヒュン、と音を立てて波状に振るわれるナイフ。しかし紅髪の暗殺者は上体を反らしてそれを躱《かわ》すと、半身を捻《ひね》って繰り出したのは格闘技の型のような美しい蹴り――敵の右手からナイフが弾《はじ》き飛《と》ばされた。

「その硬さ、戦闘用の義手か」

風靡さんが目を細め、敵の右手を見つめる。

「だったら最初の評価は返せ。それはお前自身の力じゃない」

「……強さこそが正義だ」

戦闘が開始されてから初めてヤギ頭が口を開いた。

そして右の拳が振るわれる。風靡さんは両腕で防御を固めるも鈍い音が走る。そのまま衝撃に耐えられず、数メートル後方に引《ひ》き摺《ず》られるように飛ばされた。

「今のお前が正義？　人身売買組織がどんな正義を謳《うた》う」

「生きるべき人間が生き、消えるべき人間が消える。私はそれを正義と呼ぶ」

ヤギ頭が俺を一瞥《いちべつ》する。

彼女のたとえで言うなら、俺は消えるべき人間ということか。

「そうか。ならば、尚更《なおさら》お前は間違っている」

風靡さんの紅髪が夜風に靡《なび》く。

「少なくともそこのガキは、たとえ一千万の命と引き換えにしても生き残るべき存在だ」

それは決して風靡さんの個人的な感情ではないはずだ。ただ君塚君彦《きみづかきみひこ》という人間を……いや《特異点》の価値を客観的に測った評価なのだろう。

「あんた、普通じゃないな」

「ああ、だからこんな仕事をやっている」

ヤギ頭と風靡さんは短く言葉を交わす。そしてそれが次に訪れる決着の合図だった。二人は同時に疾駆し、交差する寸前に拳を振り上げる。

「悪いとは思っている」

刹那、小さな爆発が起きた。

ヤギ頭の振り上げた左腕が弾け飛んだのだ。

「風靡さん……！」

機械仕掛けの義手に仕込まれていた爆弾。風靡さんはその爆風をもろに浴びた。立ち込める黒煙をヤギ頭が突き破ってくる。奴《やつ》の狙いはあくまでも俺だった。

「っ、俺にもそれなりの正義はあるつもりなんだ」

風靡さんに助け出された時、こっそり忍ばせられていた銃で発砲する。

一発、二発——避《よ》けられる。やがて何発目かが右足に命中した。

「……義足か！」

銃弾は金属の足を貫通しない。敵はすぐ目の前に迫っていた。

だが、その時。

「なぜあの爆発程度でアタシを殺せると思った？」

紅色の光が闇を走った。

察したヤギ頭が、残った右腕で銃を引き抜き発砲する。狙いは正確。確かに銃弾はその紅色に向かって放たれた——が、当たらない。

「ここは戦場。迷いと甘えはベッドの上にでも置いてこい」

闇を駆ける暗殺者は今、銃弾のスピードをも超えていた。

「アタシの《意志》を折りたいなら、今より一千倍の殺意を用意しろ」

加瀬《かせ》風靡《ふうび》の拳が振るわれ、鈍い音と共にヤギ頭は遥《はる》か後方に吹き飛ばされた。

「鉄なんて入れなくても十分重いだろうが」

振るった拳をだらりと下げた風靡さんは、その場で少しよろめく。至近距離で爆風を浴びたのだ。さすがに無傷な方がおかしい。俺は半ば強引に肩を貸す。

「生きていられるのも十分おかしいけどな……」

「なんだ、お前。アタシが死んだ方がよかったか？」

まさか。多分これから先も俺はあんたに守ってもらう機会があるはずなんで。

「くそ」

震える声がする。

悲しみではなく、怒りの震え。殴り飛ばされていたヤギ頭が立ち上がる。右手には拾い上げたナイフが握られていた。

「くそ、くそっ！　——私はあんたのそういう説教臭いところが嫌いだったんだ！」

「？　お前、どこかで会ったか？」

風靡さんの問いには答えずヤギ頭は強襲する。

俺の銃に弾はもう入っていない。風靡さんは俺を庇《かば》うように右手を前に差し出した。

「よし。この戦は僕が引き受けよう」

第三者の声が聞こえた。

次の瞬間には、ヤギ頭が何者かに腕を取られ組み伏せられていた。

「——！　なぜ、お前がここにいる——ライアン」

驚きの声を漏らしたのはいつも冷静沈着なはずの暗殺者だった。風靡《ふうび》さんは呆然《ぼうぜん》とその光景と闖入《ちんにゅう》者を見つめていた。知り合い、なのか?

「やあ、元気だった? 風靡」

ウェーブのかかった金髪が特徴的な優男風のその男。だが身に纏《まと》っているのは、軍服のようなフォルムの白い制服。一般人でないことは明らかだ。

そして、そんな軍服の男に組み伏せられているヤギ頭は、苦悶《くもん》の表情を浮かべながらもなにかを決意した目をしていた。

「また自爆するつもりだ! ライアン!」

「大丈夫だ、風靡。もう終わっているよ」

軍服の男がそう言ったのと同時に、ヤギ頭は事切れたようにガクッと頭《こうべ》を垂《た》れた。目で追い切れぬほど一瞬で気を失わせたらしい。

それから間もなくサイレンが鳴り響き、何台ものパトカーと、そしてヘリコプターまでもが集結する。恐らくこの軍服の男がそれらをすべて率いていた。

「あんたは、一体……」

少なくとも普通の警察ではない? 次々と疑問が湧く中、風靡さんがフラフラと立ち上がり、その男とヤギ頭のもとへ向かう。

「そいつをどうするつもりだ?」

「悪は力ではなく法で裁く。それが僕、ライアン・ホワイトのモットーだからね」

軍服の男は微笑《ほほえ》みながら立ち上がる。そして風靡《ふうび》さんの前に歩み出ると――

「ずっと、会いたかった」

――百九十センチはあろうかという長身で、風靡さんを柔らかく抱き締めた。

「ん？　あ？　……は？」

思わず俺の口から疑問の声が零《こぼ》れる。

それに真っ先に反応したのは当事者である風靡さんで、わざわざ俺の方を半身で振り返りながら「違う。この男は……」と説明をしようとする。

だがそうすればするほど、なんだか怪しく感じられるわけで。

「なんだ、久しぶりの再会だというのに随分とツレないね」

そしてライアンと名乗る男はその答えを口にする。

「もっと優しくしてくれてもいいじゃないか？　僕たちは婚約者なんだから」

◆この純白たる正義の下に

翌日の夕方、俺は《巫女《みこ》》が暮らす時計台の部屋にいた。

オリビアは不在。ミアが不慣れながら淹《い》れてくれた紅茶を一口啜《すす》る。

「美味《うま》いな」

「美味いな、じゃなくて」

すると当のミアは立ったまま、椅子に座った俺を不機嫌そうに見つめる。

「どうした？　メイド姿を褒めてほしかったのか？」

いつもの巫女服はどこへやら、ミアは装飾過剰なメイド服を身に纏《まと》っていた。

「っ、そんなこと言ってないでしょ。それに給仕する時はこういう服を着るのがマナーだってオリビアから教えられてるし」

「それ、多分からかわれてるだけだぞ」

「……し、知ってたけど！　わざと騙《だま》されてあげただけだけど！」

ミアは顔を赤くして叫ぶ。最近、より感情豊かになってきたな。

「そうじゃなくて、私が言いたいのは一体この状況はなんなのってことよ」

ミアはぐるりと辺りを見渡す。部屋には俺たち以外にも、ちょっとばかり賑《にぎ》やかなメンバーが多数いた。たとえば。

「あのね、シャル。さすがにダメだから。仲間を裏切るのはナシだから」

夏凪《なつなぎ》にマジなトーンで叱られている金髪エージェント、シャーロット・有坂《ありさか》・アンダーソン。固い床に正座させられ、首には「ワタシは仲間を売りました」と書かれた札をかけさせられている。昨夜の一件がバレたのである。

「ち、違うのよ、ナギサ。ちゃんと後で助けるつもりだったのよ！」

必死に弁明を試みるシャル。彼女の言い分によれば、ヤギ頭たちから有坂梢《ありさかこずえ》の情報を手にした後、その有用性を確認できた時点で俺を助けに行く算段だったらしい。

「悪かったわよ……。キミヅカにも後でもう一回謝るから、今回だけ許してちょうだい」

「君塚《きみづか》が許すって言うならいいけど……。でも、あたしは結構本気で怒ってるからね？」

夏凪《なつなぎ》はなお唇を尖《とが》らせながら、俺の方を一瞥《いちべつ》する。まさかここまで庇《かば》ってくれるとは。

「やっぱりナギサ、あの男のことになると必死なのね」

「……えっ？　いや、だって。それは、ほら、仲間だからね！　あとは、ビジネスパートナーだし、同級生だし、助手だし、あとは、えっと……」

「ナギサの最愛の男を裏切って本当にごめんなさい」

「そこまで言ってないですけど!?」

と、そんな会話が繰り広げられている反対側では、三人の大人が談笑している。

「あなたが《連邦会議》を欠席とはなにか事情があるとは思っていましたが、まさか密会だったとは」

黒スーツを着た大神《おおかみ》が、わずかに口角を上げながら風靡《ふうび》さんを見る。

「大神、貴様も正式に《調律者》になったのなら誤解を生む発言はするな。アタシは誰とも密会などしていない」

「こら、風靡。軽率に銃を引き抜くものじゃないよ」

大神に銃を突きつけた風靡さんに、例の軍服の男——ライアン・ホワイトが口を挟む。

「銃は人を殺すために使う道具ではない。人を守るために使うんだ」

「……相変わらず甘い男だ。よくそれで今の仕事ができているな」

「ははっ、部下にもよく叱られる！」

ライアンは明朗に笑いながら、銃を握った風靡さんの手をそっと下ろさせる。不満げにしながらも風靡さんはもう抵抗しなかった。

「暗殺者も人の子でしたか」

大神はまたニヒルに笑い、風靡さんはギロリと睨《にら》みを利かせた。

「だから君彦《きみひこ》。なんの状況よ、これ」

「だからミア。俺だって巻き込まれてる側なんだよ」

もう一口、紅茶を飲んでため息をつく。

このメンバーをこの時計台に集めたのは他でもない、ライアン・ホワイトだった。

「すまない、我ながらお喋《しゃべ》りが好きな性格でね。部下にもよく叱られる」

俺の視線を受けてか、ライアンが雑談をやめて切り出した。さっきから部下に叱られてばかりみたいだが大丈夫なのだろうか、この男は。

「今日は僕にとって、そして君たちにとって大事な話がしたくてね。実はこのメンバーには共通点があるんだけれど、なにか分かるだろうか？」

ライアンは部屋に集まった俺たちを見渡す。

暗殺者、執行人、巫女《みこ》、名探偵、エージェント、そして——一般人あるいは特異点。こうして見てみると個性豊かなメンバーだ。が、しかし。

「ここにいるメンバーの共通点と言うが、そもそも俺はあんたのことをよく知らない。話はそれからじゃないか？」

「なるほど、それもそうだ」

失礼した、とライアンは軽く微笑《ほほえ》む。

「では改めて。僕の名前はライアン・ホワイト。職業は——インターポールの捜査官」

白い軍服のバッジが光って見える。それは数々の功績を示す証《あかし》だった。

「インターポールって？」

夏凪《なつなぎ》が耳打ちで訊《き》いてくる。

「国際刑事警察機構。簡単な話、世界警察だな」

表世界の正義の象徴、とでも言うべきだろうか。その反対、裏側から世界を守ろうとしているのがたとえば風靡《ふうび》さんでありシエスタであったのだろう。

「名前の通り常に清廉潔白で、透明性を持った捜査で正義を執行する。《純白の正義》というのがこの男の異名だ」

風靡さんは不愉快そうにしながらもライアン・ホワイトの素性を説明してくれる。

「はは、いやあ、照れるね。風靡に褒めてもらえるとは」

「っ、アタシはあくまでも世間の評判を代弁しただけだ。本当はお前の腹の中が真っ黒なことは知っている」

言われてライアンは「酷《ひど》いなあ」と苦笑する。

「僕は神に誓って、この世界にとって正しいことしかしていないよ」

「風靡さんとは……知り合い、なんだよな？」

「ああ、簡単に言えば幼馴染《おさななじみ》かな」

ライアンは風靡さんに視線を送り、視線を送られた本人は不快そうに顔を背ける。

「僕も彼女も父親が警察官でね。とある職務の都合上、日本で共に働いていたんだけど、その関係で子供である僕らも仲良くなったんだ」

風靡さんの父親も警察官だったとは初耳だ。思えば加瀬《かせ》風靡の過去というものを俺はほとんど知らない。彼女自身、語ろうとしたことは一度もなかった。

「子供の頃の風靡は、それはそれは可愛《かわい》くてね。ライアン、ライアンって、僕の後ろをずっとつきまとっていたよ」

「ライアン・ホワイト、遺言状の準備は済んでるか？」

「こんなツンデレに育ってしまったけれど、僕にとっては今も可愛いばかりだ」

銃声が鳴る。しかし風靡《ふうび》さんが握った銃のマズルは、ライアンの手によって上に向けさせられていた。独自のコミュニケーションが過ぎる。

「わ、我が家の天井に穴が……」

そしてミアはやっぱり可哀想《かわいい》。

「幼馴染《おさななじみ》、か。じゃあ、昨日言ってた婚約者っていうのは？」

「え、婚約者⁉」

俺が思わず漏らした言葉に夏凪《なつなぎ》が途端に色めき立つ。

「……子供の頃の戯言《たわごと》だ」

恋バナに食いついた探偵の視線を受けて、風靡さんはばつが悪そうに顔を顰《しか》めた。

「はは、まあ余談はさておき。色々あって僕はインターポールとして表社会から、そして風靡は裏社会に回って、それぞれの使命を果たすことになった。久しく会ってはいなかったが、僕らは常に互いの正義を尊重し合っているし、風靡の活躍は陰で見ていたよ」

やはり、ライアンも《調律者》のことを含めてこちら側の世界のことはよく知っているらしい。であればこの集まりもそれに関連することか。

「いい加減もったいぶるな、ライアン」

風靡さんが痺《しび》れを切らしたように口を開く。

「タイミングとこのメンツを見れば分かる。アベルの話だろう？」

「……ああ、その通り。僕はインターポール捜査官として、警察の威信をかけて彼を追っている」

この男もそうなのか。《怪盗》アルセーヌと同一人物の可能性が高いと言われている、世界最悪の犯罪者——アベル・A・シェーンベルク。それが、ここに集まった俺たち全員にとっての敵の名。昨日《連邦会議》に参加していたメンバーとも一致して……いや。

「シャルは？　シャルもアベルとなにか関係があるのか？」

昨日の会議にシャルは参加していなかった。《調律者》ではないためそれは当然ではあるのだが、ではなぜ今日この場に呼ばれているのか。

「そこまで嗅ぎ回られていたのね。アナタたちには」

シャルが細めた目をライアンに向ける。

「ああ。軍人でもありエージェントとしても活動していた君の母親、有坂梢《ありさかこずえ》はかつてアベルを追っていた。それも一度かなり深いところまで追い詰めたと聞く」

……なるほど。そこに話は繋《つな》がっているのか。

シャルも「そうらしいわね」とため息をつきながら言う。

「アナタたちに訊《き》けば、有坂梢の居場所ももっと早く知れたかしら？」

「いや僕らもそこまでは。昨晩の人身売買組織を捜査していた際にその情報に触れたに過ぎない。それで、有坂梢の居場所は？」

「今は日本のとある場所、とだけ。帰国し次第行ってみるつもりではいるけど」

それが、ライアンがシャルにまで目を配る理由。もしかすると有坂梢《ありさかこずえ》の捜索こそがアベル逮捕の一歩に繋《つな》がるかもしれない。

「じゃあ、あたしたちを集めたのはアベル逮捕のために協力し合おうってこと？」

夏凪《なつなぎ》がライアンに尋ねる。であれば昨日の《連邦会議》と目的は同じように思えるが、その場合一つ問題が発生する。

「「その方針に《暗殺者》は納得するのか？」」

俺と大神《おおかみ》の声が重なり、互いに肩を竦《すく》める。同じ疑問を抱いていたらしい。

昨晩、風靡《ふうび》さんは言っていた。アベルを相手にする上で《連邦政府》の言いなりになるのは危険だと。だから自分だけは単独で動くのだと。

「ああ、だからこれは風靡への説得の場でもあるんだ」

ライアンは、やはり不満げな風靡さんに向き直る。

「さっき僕が言ったこのメンバーの共通点は、実はもう一つある。それは、ここにいる全員が信頼に値する人物だということだ。僕たちであれば必ずしも《連邦政府》を介さずともアベルに立ち向かえる」

そう言ってライアンは俺たちを見渡す。

政府の方針を鵜呑《うの》みにせず己の仕事を果たす暗殺者、脈々と受け継がれる正義の遺志を繋ぐ名探偵、亡き旧友の使命と武器を引き継いだ執行人、世界の危機を誰よりその肌に感じ続けている巫女《みこ》。加えて俺とシャルは……どうだろうか、我ながらあまり信用できない気がしないでもないが。

「わ、私も戦うメンバーに入ってるの？」

もう一人、不安を隠し切れないミアがライアンに尋ねる。

「《巫女》である君は前線に立つ必要はないよ。ただその能力で、僕たちを後ろからそっと支えてほしい」

「よ、よかった……。でも、それならもちろん。私の使命はセンパイに出会ったあの日から、《世界の危機》を防ぐことだから」

ミアは胸を撫《な》で下《お》ろしながらも誇らしく前を向く。本当はこのメンバーにリローデッドも加わってほしいところではあるが、身体《からだ》の状態を考えるとまだ難しいだろう。

そして頼りになりそうな人物といえばもう一人、ブルーノだが……恐らく彼を味方につけることはできない。彼が最も優先する事項はいつだって、世界の情報量のバランスだ。

となれば、今はあと一人。

「──アタシは」

加瀬《かせ》風靡は眉間に皺《しわ》を寄せる。まだ彼女は迷っていた。

「風靡。アベルに単独で挑む危険性は君も理解しているはずだ」

ライアンが言う通り、俺たちは知っている。もし敵が本当に《怪盗》であれば、盗んだ事実さえ相手に気付かせない。俺たちは奴《やつ》に敗北した時さえ、その事実を正しく認識できない可能性があるのだ。

「《連邦政府》に従うわけじゃない。だが、ここにいる僕らだけは信頼し合わないか？」

きっとこれまで、本当の意味で誰のことも信用してこなかった加瀬風靡《かせふうび》。だがそれも当然だ。《暗殺者》にとって他者への依存はなによりも危険だったからだ。

「僕の今の言葉が信じられないならそれでいい。でも代わりに、あの時の僕たちの約束を思い出してほしい」

風靡さんの肩がわずかに跳ねた。なんのことを言っているのか。

しばらくの間、沈黙が流れる。

彼女が重い口を開いたのは、たっぷり数十秒を要してからだった。

「アタシはここにいる全員を信用しているわけではない」

まるでこの中に隠れている人狼《じんろう》を探すように、ギロリと番犬の目が向けられる。

「他人を信じないことがアタシの信条で、他人を信じないことによってのみアタシの使命は果たされる。……ただ、それと同時に、この世界がいつかもう少しマシになることだけは信じている」

以前、警察署で風靡さんと話したことを思い出す。あの時、やはり彼女は《怪盗》の危険性を認識していて、俺に捜査情報の一部を話した。

多分それは信用でも信頼でもなかった。言うなれば、打算だ。彼女が誰かに手を貸す時はいつだって対価を求める。……でも。たとえ1％ほどだとしても、加瀬風靡にも誰かを頼る意志はある。そのことに間違いはなかった。

「互いを信用し合おうなどとは言わない。口が裂けても言うつもりはない。だが」

加瀬風靡は顔を上げ、俺たちの顔を一人ずつ見た。

「目標を共にしているその事実だけは認め、善処しよう」

今この瞬間から。

世界最悪の犯罪者と、全正義勢力による戦いは始まった。

【8 years ago Charlotte】

その日ワタシはいつものようにノアの部屋で、ベッドで横になっている彼に本の読み聞かせをしていた。

「ええと、ちょっと待ってね、ノア。――その時、敵のスパイのギャク、リン？　に触れた私は……」

「逆鱗《げきりん》だよ」

「ああ、そうそう。ゲキリン、ゲキリン。――その時、敵のスパイのゲキリンに触れた私は、銃に弾をソウ、ソウ……ソウチャクし？」

「装填《そうてん》だよ」

「うんうん、そうだった。ええとね、それで、その、どこまで読んだっけ？　あ、分かった。――私は敵をみんな倒し、国の平和を守ったのでした。めでたし、めでたし」

パタリと本を閉じ、フーッと息を吐き出す。

うん、我ながら今日は結構上手《うま》く読めた気がする。

「お姉《ねえ》ちゃん、100ページぐらい飛ばした？」

「そんなことないわよ。速読したの」

「速読ってそういうものだったかなあ」

ノアは横になったまま、ベッドのフレームに背を預けているワタシを見てくる。

「漢字の勉強、僕と一緒にする？」

……二歳年下の弟にマウントを取られてしまった。

「ワタシはほら、代わりに英語はできるから」

そう、きっとワタシはお父さんの方の遺伝子を強めに継いだのだ。ということにして、こほんと咳払《せきばら》いをする。

「というか、本ならノアは一人でも読めるでしょ？」

なのに、なぜいつもワタシに読み聞かせをねだるのか。

「一人でも読めるけどさ」

「けど？」

「お姉ちゃんに読んでもらった方が楽しいから」

「…………」

このまま立ち上がってうっかり抱き締めてしまいそうになる自分を落ち着かせる。

弟とかいう存在、可愛《かわい》すぎる……。

生意気なことを言ってくることも多いけど、たまにこうして素直になるのだ。

「お姉ちゃんはさ、将来こんな風になるの？」

ノアはさっきの本を手にしながらそう訊《き》いてくる。

それは強くてクールな女エージェントが、バッタバッタと悪を倒す物語だった。

「ええ、そうよ。いつかはお父さんやお母さんみたいになるわ」

エージェントっていうのが具体的になんなのかはよく分からないけど。

軍人と傭兵《ようへい》は違う？　諜報員《ちょうほういん》とスパイは？

まあ、いいや。とにかく悪い人をやっつける仕事をワタシはやるんだ。正義の味方になれるなら、別に警察官だっていいかもしれない。

「そっか。お姉《ねえ》ちゃんがそうなってくれたら僕も嬉《うれ》しい」

するとノアはワタシを見ながら、少しだけ淋《さび》しそうに微笑《ほほえ》む。

「僕は、そうはなれないから」

ノアは、あまり外に出ることができない。

生まれつき病気がちの子だった。具体的な病名は、お父さんもお母さんもワタシには教えてくれない。ワタシには理解できないからって。

「ノア。外に出られないなら、アナタは学者になるといいわ」

ワタシがそう言うと、ノアは顔を上げた。

「こんなに賢いんだもの。学校になんて通わなくたって、きっと偉い学者先生になれる。そうに決まってる」

ワタシはノアの手を握った。

うん、と笑ってくれたノアの手は、すごく、すごく冷たかった。

「あっ」

ノアが小さく声を漏らす。

「帰って来たみたい」

それから間もなく寝室のドアが開いて、人影が入ってくる。

鮮やかなブロンドが映える、冷たくも美しい顔をした彼女は――有坂梢《ありさかこずえ》。

ワタシとノアのお母さんだった。

「あっ、おかえ、り……」

立ち上がって出迎えたワタシの横を、お母さんは通り過ぎる。

振り向くと、ベッドにいるノアをぎゅっと抱き締めていた。

「ごめんなさい、なかなか帰って来られなくて」

お母さんが帰ってきたのは二週間ぶりだった。今回もどこか遠くの国で、大事な使命を果たしてきたのだ。

「本当にごめんなさい、ノア」

お母さんはひどく疲れた声で、何度もノアに謝る。ワタシの弟だけに、謝る。

「ううん、大丈夫。お姉ちゃんがいてくれたから」

ノアがそう言って初めて、お母さんはワタシの方を振り向いた。ノアには向けることのない、厳しい顔だった。

「シャーロット。訓練は怠っていないでしょうね？」

この家には、お父さんとお母さんが雇った軍人がいる。ワタシは二年前から、彼らに近接戦闘や銃火器の使い方の訓練を受け始めていた。

「自分の身を守るためじゃない。世界を守るために戦う。丈夫な身体《からだ》に生まれたアナタにはその使命がある。理解しているわね？」

「はい、分かっています」

ワタシが頷《うなず》くと、お母さんはなにも言わずまたノアの方に顔を向けた。

いつもこうだった。有坂梢《ありさかこずえ》とワタシは、普通の母と娘にはなれない。でも、仕方がないことだ。それを辛《つら》いだなんて思わない。

正義の味方になることはワタシの使命だから。ノアにできないことを代わりにワタシがやる。お母さんに……有坂梢に認めてもらうにはそれしかない。

「分かってるよ」

もう一度、今度は自分自身に呟《つぶや》いてワタシは部屋を出ていった。

この二年。有坂梢のことを、口に出してお母さん《マーム》と呼べたことは一度もない。

【第二章】

◆始まりを告げるコード

イギリスから帰国して一週間が経《た》った。

高校よりも長い大学の夏季休暇はまだ続いていて、色々とやる仕事はあるにせよそれでも暇な時間はできる。そういう時、夏凪《なつなぎ》は高校からの友人や大学での新たな仲間と会っているようだが、なぜか俺にはそういう相手がいない。

さすがに最近仕事に復帰したばかりの斎川《さいかわ》に構ってもらうわけにもいかず、リローデッドには用もなく長電話をしたら叱られそうな気がしたため、ぐっと我慢していた。

でも、いいのだ。そんな俺も一人ぼっちではない。朝からだろうと、ここにさえ来れば俺の話に付き合ってくれる人間がちゃんといる。

「というわけでその座布団が決め手になって、犯人は痔《じ》持ちってことが分かったわけだ」

三階の病室。俺がそんな抱腹絶倒のトークを披露すると、ベッドで寝ていたシエスタは心から楽しそうに微笑《ほほえ》んだ。

「君彦《きみひこ》、心の声で事実を捏造《ねつぞう》するのはやめてください」

病室の隅、本をパタリと閉じながら少女が指摘する。

シエスタと瓜二《うりふた》つの顔、今はお手伝いメイドとして働いているノーチェスだった。

「よく見てみろ。笑ってるだろ、ほら」

「元々シエスタ様は天使の笑みですよ」

「ご主人様ラブ過ぎるだろ、このメイド」

ノーチェスは「なんのことやら」と惚《とぼ》ける。こういう仕草を見ると彼女がロボットであるということをつい忘れてしまう。

「しかし、もうすぐ君彦《きみひこ》の滑り漫談を聞くこともなくなりますね」

「ひどい名称を付けられていた」

だがノーチェスの言っていることは一部、当たっている。俺がこうしてシエスタと会って語りかけることは今後できなくなる。

「いよいよだな。シエスタの移植手術」

スティーブン曰《いわ》く、もうじきその準備段階に入るらしい。手術の準備期間と術後の経過観察の間は面会謝絶。あと一ヶ月もしないうちに、しばらくシエスタには会えなくなる。

彼女が眠りについてから、間もなく一年だった。

「淋《さび》しいですか」

ノーチェスが俺の顔を見ずに訊《き》いた。

「それとも、怖いですか」

……やれ、どうしてこのメイドはそんなにも的確に俺の心の奥底をついてくるのか。

「スティーブンの腕は信用している。きっと手術は上手《うま》くいく。……でも上手くいったその先で、シエスタの記憶や人格は消えるかもしれない」

不思議とノーチェスになら本音を言える。

シエスタがシエスタでなくなってしまうのが、たまらなく怖いと。

「でも、お前もそうなんだろ？」

ノーチェスの肩がわずかに跳ねた気がした。

「おかしいでしょうか、機械の私がそう感じるのは」

「いいや、前も言わなかったか？　人のことをそれだけ思いやれるお前が、ただの機械であるはずがない」

ようやく目が合い、互いに微笑《ほほえ》む。ノーチェスも微笑んでいるように、見える。

「でも覚えておいてください、君彦。私はただこうして人間らしく振る舞えるようプログラムされているだけです」

ノーチェスはゆっくり瞬《まばた》きをしながら言う。本来、彼女には必要のない瞬きを。

「たとえば揶揄《からか》われた時には怒りの仕草を示すように、周囲の人間が気落ちしていればそれを慰めるように、誰かが笑えば私の表情も緩むように。私はそう機械的にプログラムされているだけなのです」

――そんな、と即座に否定したくなるが、それはできない。ノーチェスを作ったのはスティーブンの科学であり、その事実を安易な言葉で打ち消すことは、むしろ彼女の存在証明の否定になる。

「ですから、たまに怖くなるのです」

ノーチェスは椅子に座ったまま、病室の窓の外を遠く眺める。

「私のようなロボットやAIに本当に感情があると思い込み、それに同情した誰かが過剰な権限を機械に与えてしまうことが。もしもSF映画のようにAIが人類に反旗を翻すことがあるとすれば、それは人間の優しさがきっかけなのでしょう」

そう言ってノーチェスは、やはりと言うべきか淋《さび》しそうに微笑《ほほえ》んだ。

ノーチェスが機械だとして、彼女の発言や仕草がプログラムによるものなのだとしても――それでも今のノーチェスを俺は好ましく思っている。それだけは確かだった。

「おや、お客様みたいですね」

ノーチェスが病室の扉の方を見た。

足音で先に気付いたのか、遅れてノックが三回鳴る。

「珍しいゲストだな」

やがて扉を開いた人物を見て俺はそう呟《つぶや》いた。

「お前が一度ぐらい来いって言ったんだろうが」

紅髪の女刑事、加瀬風靡《かせふうび》。

彼女の強面《こわもて》にあまり似合わない花束を抱えて病室に入ってくる。

「こんな顔で寝ていたか」

風靡さんはノーチェスに花を預け、シエスタの寝顔を見下ろす。風靡さんとシエスタの関係は俺も知らぬところで意外と深く、同じ《調律者》として互いに仲良く……とまでは言わないものの、ビジネス上の協力関係はあったようだった。

「あの頃のシエスタのことも信用してなかったんですか？」

俺は何気なく風靡さんに訊《き》く。

この前ロンドンでは、誰のことも信じていないと言っていたが。

「ああ。だがこの探偵もアタシに、信用や信頼を本気で求めてはいなかった」

風靡さんはシエスタを見つめながら、当時を思い出すように語る。

「だからお互い様だ。途中で互いを利用できなくなることはあるだろうと思っていたし、死んだらそれまでだと思っていた。それがアタシにとっては都合がよかった」

言われてみれば、シエスタもそうだったのかもしれない。いつも合理的で理知的で、余計な私情は挟まない。人を信じることよりも、疑うことの方が得意なやつだった。

「ただ、最後の方。多分アタシとこいつは少し違っていた。最後にはこの探偵は、誰かを信じたいと思っているように見えた」

「そう、ですか」

そんなシエスタの姿を、俺はまた見ることができるだろうか。

「ちょっと、いいか」

風靡《ふうび》さんが扉の外を指で示す。俺はノーチェスに病室を任せて廊下に出た。

「どうだ、そっちの方は」

少し歩いた後、廊下の壁に背をつけて風靡さんが尋ねてくる。

「ネバーランド計画。お前も探偵と調べてるんだろ？」

先週のライアン・ホワイトを中心にした会合の後、俺たちはそれぞれの立場からアベルを捕まえるために動き出していた。俺と夏凪《なつなぎ》がこの一週間調べていたのは例のネバーランド計画とやらについて。ミアとリルにも個別に頼まれていた事案だ。

「まずこの一週間で《巫女《みこ》》の予言はなかった。世界各地の報道も確認してますが、これといってネバーランド計画に関連していそうな事件は起きてません。代わりに、これまで起きた事件を夏凪と一つ一つ洗ってみました」

抽象ではなく具体で。マクロではなくミクロの視点で。

「どの事件も加害者の大半は中高生で、被害者はその親。そしてすべてのケースで、事件前に親子間のトラブルがあったことが認められました。特に多かったのは親から子への家庭内暴力。それに耐えかねた子供たちが親を殺害——というのが大方の見方です」

ただ、これと似た事件が先の一ヶ月の間に世界中で十数件も起きている。そして現場にはA《アルファ》の血文字が残されているという。

「血文字以外に共通点はないかどうかも調べてみました。たとえば加害者に共通の趣味はなかったか、特定の宗教を信仰していなかったか、SNS上に繋《つな》がりはなかったか。でも見つからなかった」

つまり一連の事件に特別な背景があるとすれば、現状それは巫女の予言通りアベルの存在を推定するしかない。わざわざAの血文字を現場に残す意味は分かりかねるが。

「いずれにせよアベルは、何らかの方法を使って子供たちに親を殺させている。……奴《やつ》はそういうことができる敵なんですよね？」

俺が訊《き》くと、風靡さんは剣呑《けんのん》な顔つきで頷《うなず》いた。

「ああ、自分自身は手を下さず他人に犯罪を実行させる。お前も覚えはあるだろ？」

もし本当にアベルが《怪盗》であるならば。俺は一年ほど前シエスタと共に、奴が実際そういったことをするのを目の当たりにした。

「アベルは独自の《暗号《コード》》のようなものを使って、人の感情の波を操作しているのではないかと言われている。今回のネバーランド計画もな」

「っ、殺人の衝動を与えるコード……」

これまで曖昧だった敵の能力のイメージが具体性を伴う。

「ライアンや大神《おおかみ》と話し合った仮説だ。どこまで真実に近いかは不明だ」

どうやらこの一週間で大人組はそういう話し合いをしていたらしい。

「ライアンの」

俺が言うと、風靡《ふうび》さんの肩がわずかに動いた。

「ライアンのことも、信じてないんです？」

昔馴染《むかしなじみ》で、同じ正義の味方で、警察官で、婚約者……はさておき。それだけ近しいあの男のことは本当のところどう思っているのか。

「次アタシをその話題でいじったら殺す」

「いじってないです、まったく」

俺が手を横に振ると、風靡さんはギロリと睨《にら》み「ともかく」と続ける。

「今はアベルを捕らえるために各々ができることをやるだけだ。信用や信頼なんて言葉や人の過去なんざどうでもいい。違うか？」

「違うって言ったら殴られそうなんでそれでいいです」

「お前から捕まえてやろうか、クソガキ」

まだガキと呼ばれるか。もう大学生なんだが……まあいい。

「俺だって今は、アベルを捕まえることだけが目標ですよ」

「ほお。お前がそこまでアベルに拘《こだわ》る理由がなにかあったか？」

「まあ、名探偵の敵は俺の敵なんで」

「アベルが怪盗だとすれば、かつて白昼夢が打ち損ね、夏凪渚《なつなぎなぎさ》に託した敵か」

俺は「そういうことです」と言いながらまたシエスタの病室へ、風靡さんは「アタシは仕事がある」と去っていった。

「俺がアベルに拘る理由、か」

風靡さんには言わなかった。だが俺にはもう一つ理由があった。もう一人、俺の頭に浮かんだ人物がいた。

そいつはシエスタや夏凪と違って、探偵ではなかったのかもしれない。でもかつて俺の師を名乗っていたその男は、昔こう言っていた。

『子どもには、親しかいないんだ』

そんな不可逆をねじ曲げているアベルを、俺は師に代わって捕まえよう。

◆平行な二直線の距離を求めよ

それから三日後。俺は朝早くから駅に来ていた。

新幹線用の改札前、二人分の切符を用意してとある少女の到着を待つ。

「遅いな」

待ち合わせの時間からは十五分が過ぎようとしている。

このままだと切符が無駄になってしまうが……と危惧していたところ、ようやく願いが通じたか、俺の背中に軽くなにかが当たった。

「遅れておいて随分な挨拶だな、シャル」

振り返るとそこにいたのは、肩掛けの小さな鞄《かばん》を揺らすブロンド髪のエージェント。夏らしい私服姿で、鞄の他にバスケット籠を持っている。

「仕方ないでしょ、迷ったんだから」

シャルは不服そうに遅刻の言い訳を語る。

「そんなに迷うような場所か、ここ」

「いや、行くかどうかを迷ったのよ」

「人を待たせておいてよく言うな!」

ツンとそっぽを向くシャル。やはり、イギリスでの俺に対する態度はどこまでも演技だったらしい。本当にこの女は……。

「大体、今日はシャルの用事だろ? お前の母親に……有坂梢《ありさかこずえ》に会いに行くっていう」

あのヤギ頭たち人身売買組織から有坂梢の居場所を聞き出してから約二週間。遂《つい》に今日シャルが有坂梢に会いに行くということで、俺もその付き添いに来ていた。正直ベストな組み合わせではない気もするのだが、なぜか俺が行くよう夏凪《なつなぎ》に命じられていたのだ。

「車でいいのに、なんで電車なの？」

するとシャルが今日の交通手段に疑問を呈する。

「この前俺にした仕打ちを思い出せ。あれがトラウマでしばらく車には乗れそうにない」

「プッ、今思い出しても笑えるわね。まんまとワタシのハニトラに掛かったアナタの顔」

「あんなのをハニトラと呼ぶな！　あれはハニートラップよりも醜悪ななにかだ」

くそ、よりによってシャルにこういうイジられ方をする日が来るとは。

「まさかアナタ、ワタシに気があったの？　いつも喧嘩腰《けんかごし》なのは照れ隠し？」

「んなわけあるか。天地がひっくり返っても朝と夜がいっぺんに来てもそれだけはない」

「……そこまで言われるとさすがに傷つくわね」

「……あ、いや、悪い」

「嘘《うそ》だけど」

「二度とお前の言葉は信じない！」

やれ、結局はこれだ。

元々の仲は最悪で、それでも色々あって少しは関係も改善されたと思っていたが……やっぱりダメだ。もう帰ってやろうか。

「あー、おかしい。本当、相変わらず単純な男」

「お前に単純だのバカだの言われるの、最高に屈辱だな」

「本当に単純で、お節介で、お人好《ひとよ》しで……よく、分からなくなる」

ふとシャルが、どこか気まずそうに視線を逸《そ》らした。

「なんで、今日もついてくるわけ？」

それはまるで「この件にアナタは関係ないでしょ」と言われているようで。

「ワタシ、アナタに両親のことなんて話してない。マームと話しているのを前に聞いたのかもしれないけど、アナタに相談に乗ってもらったことは一度もない。それなのに今回、アナタがワタシに関わる理由、ある？」

……ああ、そうか。今日、ここに来るかどうか迷ったと言っていたのは、俺を巻き込んでいいのかどうかを迷ったのか。

「俺を人身売買組織に売《う》り捌《さば》いといて今更だろ」

「だ、だから、あれは本当に後で助けるつもりだったのよ。こんな仲でもさすがにアナタが死んでいいとは思ってないわよ」

どうやら今度ばかりは本音らしく、シャルは決まりが悪そうに視線を落とす。

本当にコミュニケーションが下手なやつだ。お前も、そして多分俺も。

「お前の母親はかつてアベルを追っていた。だから彼女を探すことが、そのままアベル逮捕の手掛かりに繋《つな》がるかもしれない。それは俺にとっても大きなメリットだ」

視線は合わないまま、だがそれでもいいと割り切って俺は早口で言う。

「そしてアベルに関わる以上、単独での行動は危険だ。ライアンが集めたメンバーで、一番手が空いているのは俺だ。だったら俺がシャルに付き添うのは合理的だろ。……だから別に、お前が心配だからとかじゃない」

しばしの沈黙。それからシャルの苦笑が漏れた。

「素直じゃないわね」

行くわよ、と改札に向かって歩き出した彼女の手には、俺の手から回収した新幹線の切符が握られていた。

「素直じゃないのはお前もだろ」

「それじゃ似た者同士みたいになるじゃない、やめてよ」

「ああ、確かにそうだな。俺はお前みたいにバカじゃないし」

「そうそう。ワタシはアナタみたいに貧弱もやし男じゃないし」

「頭きた。座席、今からでも変更してもらうか」

「なんで隣同士の席取ってるの？　バカなの？」

◆トマト味の恩愛

有坂梢《ありさかこずえ》は都心から少し離れた某避暑地に住処《すみか》を構えているとのことだった。俺とシャルは新幹線と鈍行列車を乗り継ぎ、その潜伏地へと向かう。

しかし、これが夏凪《なつなぎ》や斎川《さいかわ》と一緒であれば楽しい小旅行にでもなったかもしれないが、シャルと二人きりというのはなかなかに気まずい……。新幹線はわざわざ別の席を取り直し、今乗っている鈍行列車も、横一列のシートで端と端に座っていた。

昔ほど関係が最悪というわけでもないが、顔を合わせて言葉を交わしていると自然と喧《けん》嘩《か》になる。探偵やアイドルや巫女《みこ》や魔法少女と違って、まだ俺はシャルと言語化できるような関係を結べていなかった。

「今日、晴れてよかったな」

俺はよっこらせと席を移動してシャルに話しかけてみる。物は試し、どうせ一緒にいなければならないのなら少しでも気分よく過ごしたい。

「なんでわざわざ横に来るのよ」

「なるべく席は詰めないと、な」

「今この車両ガラガラだけど？」

冷静なツッコミ。そして無言の時間。

ガタンゴトン、ガタンゴトン、のどかに電車の音だけが鳴る。

「そういえば今朝はバナナを二本食べたおかげか、お通じがよくてな」

「トークテーマ最悪すぎない？」

ようやくこっちを見たシャルは、呆《あき》れたように眉を顰《ひそ》めていた。

相変わらず雑談のレベルが上がらない。夏凪に鍛えてもらうしかなさそうだ。

「まあ、でもいいわ。そのまま喋《しゃべ》ってて」

シャルが正面を向き直し、遠く車窓を見つめる。

「その方が、気が紛れるから」

この電車の行く先で待ち受けていること、これから会うかもしれない人物のこと。それらのことを今だけは忘れたい、と――シャルがそう思っているのなら。

「じゃあ、お前が日本を離れてた間に起きた話でも」

俺は魔法少女や吸血鬼にまつわる物語を、相槌《あいづち》は期待せずに話し続けた。

約三十分後。電車を降り、そこからはタクシーで山道を進む。

ある程度走ったところで、念のため目的地の少し手前で車を降り、そこからは徒歩で進む。やがてシャルが、ぴたりと足を止めた。

「この家なのか？」

自然溢《あふ》れる山の中、目の前には一軒のログハウスがあった。

ここが有坂梢《ありさかこずえ》の潜伏地なのか。

「ダメ、みたいね」

しかしシャルが指を差す。そこには「売家」の看板が立てられていた。

窓から中を覗《のぞ》いてみる。が、家具もなければ人の気配もない。

「念のため見てみるか」

俺は心の中で建物の管理者に謝りながら、持ってきていた特殊な工具を使ってドアを開けさせてもらう。シャルと二人、靴を脱いでリビングに入る。

しんとした屋内。一階のリビング、水回り、そして二階の寝室やゲストルームと思われる部屋を探索し、明らかに人の形跡がないことを確認。

有坂梢《ありさかこずえ》は、もうここにはいなかった。

「結局アナタ、訊《き》かなかったわね」

階段を降りながらシャルがポツリと呟《つぶや》く。

「なんでこのメモを手に入れてから、二週間近く行動を起こさなかったのかって」

確かに不思議には思っていた。あれだけ母親を探して、無茶《むちゃ》な計画まで立てておいて、ようやく手に入れたヒントを、シャルは二週間近くもの間使わなかった。

「情けないわよね。答えを知りたがっていたくせに、いざ答えを知るとなると急に怖くなった。有坂梢に会おうとしていたのに、心のどこかでは会いたくなかった。だから今も、ホッとしている自分がいるの」

一階に戻ったシャルは、カーテンのない窓から外を眺めて自嘲する。

「そんな中途半端だからこうなるのよね。もしあのメモを受け取ってすぐにここへ来ていれば間に合ったかもしれないのに」

「いや、有坂梢がここを去ったのは半月そこらの話じゃない」

俺はカーテンレールに積もったホコリを指先につけてシャルに見せる。

「お前の迷いが失敗を生んだわけじゃない。まだここでは、有坂梢と会う運命ではなかった。ただそれだけの話だ」

シャルは一瞬目を丸くして、薄く微笑《ほほえ》んだ。

それから施錠をし直し、俺たちは川辺へ。大きな岩をベンチ代わりに並んで座った。

するとシャルがバスケット籠を開ける。

中から出てきたのはサンドウィッチだった。昼食を作ってきていたらしい。

「あげるとは言ってないけど」

「食べさせてくれとも言ってない」

が、腹が鳴る。あまりにもベタなタイミングだった。

「まあ、あげないとも言ってないけど」

「食べたくないとも言ってない」

というわけで分けてくれ。

「あ、でも待って」

シャルが先に一口齧《かじ》り、途端に苦い顔になる。

「トマトと卵とハム、なにがいい？　というか全部食べる？」

「そういえば苦手だったな、料理……」

サンドウィッチで不味《まず》くなるってどういう原理だ？

そもそもなぜ昼食なんて作ってきたのか。

「……だって、分からないじゃない？　今さら母親と再会したところで、なにを喋《しゃべ》っていいかなんて。だから、こういうものでも持っていけば会話の取っ掛かりぐらいにはなるかなって」

まあ無駄だったけど、とシャルは髪の毛を耳にかける。

俺はその隙に、バスケット籠から卵サンドをひょいと摘《つま》んだ。

「あ、ちょっと！」

止めようとしてくるシャルを無視して、ぱくり。そのまま二口、三口で食べ切った。

「独特な味つけだな」

「無理しなくていいわよ」

無理ってほどでもない。

俺の作った不味いカレーも、シエスタは文句を言いつつもよく食べていた。

「ん、トマトは意外といけるぞ」

「……バカね。アナタ」

むしゃむしゃサンドウィッチを頬張《ほおば》る俺を見て、シャルはふっと笑う。

「ま、これでよかったのかも。あの人と二人仲睦《むつ》まじくサンドウィッチを食べるイメージなんて想像できないし」

「仲が、悪かったのか？」

いや、それ以前の問題か。シャルの両親は軍人。いわゆる一般的な家族像とは大きく違っているのだろう。

「一番小さい時の記憶は四歳か五歳ぐらいの頃。でも当時から、両親の愛情はワタシにまったく向いていなかった」

「軍人だと仕事柄、家にいることも少ないよな」

「ええ、だからワタシはお手伝いさんというか世話役みたいな人間に育てられたわ」

遠い昔を思い出すようにシャルは目を細め、夏の空を見上げる。

「それに、たまに家に帰ってきたとしても有坂梢《ありさかこずえ》はワタシのことを見ていなかった。彼女の視線の先にいたのはいつも、ワタシの二つ年下の弟だった」

シャルの弟、それは初めて聞く話だった。

「生まれてすぐ保育器に入れられて育った病弱の子。有坂梢の愛情は、心配という形ですべて弟に向かった。だからワタシが覚えている彼女は、弟にかかりっきりの姿だけ」

俺が黙って聞いていると、シャルはこちらを見て軽く笑った。

「別にそれを不満になんて思ってないわよ？　ワタシだって弟のことは心配だったし、幼心にワタシの健康な身体《からだ》を半分この子にあげたいって本気で思ってた。だから有坂梢《ありさかこずえ》の気持ちは痛いほど分かる」

でもだからこそ、とシャルは続ける。

「今も有坂梢が会いたいと願っているのは、ワタシじゃなくて弟の方なのよ」

いつだったかシャルが俺に語ったことがある。たとえば二人の子を持つ母親がいたとして──母親の情というのは、より離れている子の方に向くものだと。あの時はなぜシャルがそんな例え話をするのかよく分からなかったが、今になって思えば。

「シャル、もしかしてお前の弟は……」

俺がそう訊《き》こうとすると、シャルはサンドウィッチを一つ平らげそのまま歩き出した。

「やっぱりアナタの言う通り、晴れてよかったわね」

それからシャルはサンダルを脱いで川に裸足《はだし》を浸す。

清流が岩にぶつかり、無色透明な飛沫《しぶき》が舞った。

「冷たっ！」

青い空、高い日差しに照らされてシャルは振り向く。

「ねえ！　アナタも来ない？」

今だけはエージェントなんて関係ない、純粋無垢《むく》な少女の笑顔がそこにはあった。

◆カウントダウンは始まった

結局その日はそのまま帰ることになり、有坂梢の捜索はまた振り出しに戻った。

しかしシャルは想像していたよりは気落ちしておらず、引き続き手掛かりを探すとのことだった。まあ、仲間を売り飛ばすのだけは控えてほしいが……。

そして翌日、俺はそんなシャルと再び会っていた。場所はとある高級タワーマンションの一室。だがそこにいるのは俺たち二人だけではない。

この部屋の家主である風靡《ふうび》さんに加え、夏凪《なつなぎ》と、ノートパソコンの画面に映っているミア。そして俺たちは全員、白い壁に投影されたプロジェクターの映像を眺めていた。

『揃《そろ》ったみたいだね』

映像の中で白い軍服の男、ライアン・ホワイトが俺たちを見つめる。その隣には大神《おおかみ》の姿もあった。

『残念な知らせだ。また一人、ネバーランド計画の犠牲者が出た』

ライアンは言いながら目を細める。

『……私の予言がもっと早ければ』

テーブルに置かれたノートパソコンの中で、ミアが悔しげに唇を噛《か》む。巫女《みこ》の予言があったのは昨日、俺がシャルと別れて帰宅した直後だった。

予言の内容は、四十八時間以内にアフリカ北部の某国で新たなネバーランド計画が実施されるというもの。その時手が空いていたライアンと大神《おおかみ》が真っ先に現場へ急行したらしいのだが……事件はすでに起こった後だった。

「ミアのせいであるはずがない」

肩を落とす巫女に俺は言う。

「お前がどれだけ毎日お役目のために時間を割いてるか。ここにいる誰もが分かってる」

決してミアが仕事を怠けたわけでも、しくじったわけでもない。巫女の予言は十年先の《世界の敵》の出現を言い当てることもあれば、一日先の《世界の危機》が不意に予測されることもある。ゆえに今回のように間に合わないこともあるわけだ。

「ミア、あなたの助けが必要になる時はまたすぐ来る。だから、その時はまたあたしたちに力を貸して？」

夏凪《なつなぎ》がパソコンに向かって微笑《ほほえ》みかける。

ミアはしゅんとしながらも小さく頷《うなず》いた。

「大神、詳細は？」

風靡《ふうび》さんが煙草《たばこ》に火をつけながら訊《き》いた。

『事件そのものは今までのケースと同様です。被害者と加害者は父子《おやこ》関係。被害者は刃物で惨殺されており、遺体のそばには血でA《アルファ》の文字が残されていた』

「事件そのものは今までのケースと同様……ということは、それ以外に相違点があったんだな？　アタシたちをこうして招集しなければならないほどの大きな問題点が」

するとと風靡さんが大神の言外のニュアンスを汲《く》み取《と》る。

煙草の白い煙が立ち上り、それが消えた頃にライアンが言った。

『ああ、加害者が逃亡した――それも、被害者が保持していたアカシックレコードへ至る地図を持ち去ってね』

息を呑《の》む声が幾つか漏れる。その中でシャルがライアンに尋ねた。

「どうして被害者の男はそんな機密情報を持っていたの？」

『被害者はこの国の王族でね。彼は例の地図を管理する使命を背負っていた』

……状況は最悪だ。加害者が逃亡したということはすなわち、アカシックレコードへ至る地図はアベルの手に渡っている可能性が高い。

「あのさ、そもそもアカシックレコードへ至る地図って具体的にはどういうものなの？」

すると夏凪がおずおずと右手を挙げた。

「アカシックレコード……和名で言う《虚空暦録》って、確かあれだよね？　地球を滅ぼしかねない兵器の設計図だとか、世界各国が隠蔽している都合の悪い歴史上の記録だとか言われてる……でも具体的な中身を知っているのは一部の権力者だけ、みたいな」

『ええ、そうです、名探偵。かつては大戦の火種にもなった、誰もが恐れ、それでいて誰もが知らない虚空の記録。世界大戦の危機が去った後、ミゾエフ連邦国家が世界のどこかにそれを隠したと言われていますが、その在処《ありか》を指し示すのが例の地図というわけです』

さすがは裏社会に精通している公安警察。大神《おおかみ》は、《虚空暦録《アカシックレコード》》とその地図について夏凪《なつなぎ》に嚙《か》み砕《くだ》いて説明をする。

「じゃ、じゃあ早く取り返さないと！　アベルに悪用されるかもしれないいんでしょ？」

「ああ、地図は必ず取り返す。が、現状はそこまで焦る必要もない」

風靡《ふうび》さんが煙草《たばこ》を灰皿で潰しながら言う。

「《虚空暦録》へ至る地図は、なにも今回奪われた一枚だけじゃない。主に《連邦政府》によって認められた世界中の権力者たちがそれを分散して保持している」

なるほど。つまり地図は一枚ずつでは効力を発揮しない仕組みになっているのか。

「また地図といっても単純な紙のイメージでもない。一つ一つに複雑なプログラムが組まれていて、すべてのデータが集まって始めて《虚空暦録》の眠る場所が指し示される」

「その場所にさえ辿《たど》り着《つ》ければ、誰でもアカシックレコードを手にできると？」

「さあな。なんでも噂《うわさ》では『鍵』のようなものも必要だと聞いたことはあるが」

これ以上の詳細は不明だ、と風靡さんは語り終える。

「そうなんだ。でもそれならアベルがすべての地図を回収する前に手を打たないと」

夏凪が真剣な顔で呟《つぶや》く。

するとと静寂が訪れた。

シャルや、パソコン画面の中のミアは驚いたように目を見開いている。

「え、なに？　あたし、変なこと言った？」

一方の夏凪は自分が口にした言葉を反芻《はんすう》し、そして改めて気付いた。

「──そっか。アベルの最大の目的は、アカシックレコードを盗み出すこと。ネバーランド計画はそのための目眩《めくらま》しだったんだ」

つまりこれから先、事件はまだ起こり続ける。

奴《やつ》が欲する《虚空暦録》へ至る地図をすべて見つけるまで。

「そういえば、アベルは昔にも」

俺が呟くとシャルが顔を上げた。

「シャル、覚えてるか？　俺とシエスタが一度だけ間接的にアベルと関わった事件を。あの時、確かお前もいたよな？」

「……ええ、そういえば。三年前ぐらいだったかしら？　シンガポール共和国でアベルが国宝の首飾りを狙う事件があった。そしてその首飾りには《虚空暦録》へ至る地図のデータが入っていると言われていた……」

それは俺がシエスタと世界放浪の旅に出ていた頃の話。とある人物からの依頼を受けた俺とシエスタはその首飾りを守る仕事をしており、その際に一度だけアベルと敵対をしていた。無論、アベルは実行犯を別に立てていたが。

そうしてアベルは最後まで直接姿を現すことはなく、俺もシエスタも《SPES》《スペース》と戦う日々を送っていたこともあり、結局その件は棚上げにされたままだった。しかしアベルは、今もあの頃と変わらず《虚空暦録》《アカシックレコード》へ至る地図を探し続けているというのだろうか。

『無論、まだ偶然という可能性も捨てきれない』

スクリーンに映ったライアンが再度切り出した。大神《おおかみ》含めて向こうの二人は最初からこの話をするために俺たちを集めたらしい。

『たまたま今回ネバーランド計画の網にかかったのが《虚空暦録》の関係者だったのか、それともやはり地図の回収こそを企《たくら》んでいるのか。その場合《虚空暦録》を使ってアベルがなにをしようとしているのか。いまだ仮説が立たないことも多いが、《名探偵》の言う通り先に手を打つ必要はあるだろう』

ライアンが言い終え、部屋にはまたわずかな沈黙が流れる。

ここにいる誰もがある一人の発言を待っていた。

「おい、クソガキ。なんとか言え」

「いや、あんたでしょ。風靡《ふうび》さん」

緊張していた空気が少し弛緩《しかん》した。

「主人公に出番を回してやった方がいいかと思ってな」

「いらん気遣いだ。それで、風靡さん。どうするんです？」

アベルの真の目的が分かり始めた今、俺たちはどう動くべきか。本来、奴《やつ》を捕らえる使命を請け負っている《暗殺者》の判断を聞く必要があった。

「ハッ、なんだ。アタシが指示を出せばお前ら、アタシに従うのか？」

「いやまあ、大人しく指示に従わないとどうせ暴力で服従させてくるだけというか」

「同感。この人、自分の思い通りにならないと信じられないぐらい不機嫌になるもの」

「クソガキ二人、お前らだけ後で残れ」

風靡さんが鬼のような目で俺とシャルを睨《にら》んだ。

『随分と仲間に信頼されているんだね、風靡』

と、なぜかこの光景を眺めながら、うんうん頷《うなず》くライアン。

風靡さんは「まともな奴がいない」と頭を掻《か》きながらため息をつく。

「まあ、いい。アタシも今の話に異論はそうない。もしアベルが本当にアカシックレコードへのアクセスを試みようとしているのなら、目的はどうあれそれを止める必要がある」

風靡さんはそう言って俺たちを見渡し、今後の方針を言い渡した。

「世界中に散らばった《虚空暦録《アカシックレコード》》へ至る地図を、アタシたちの手で回収する」

◆二人の右腕

アカシックレコードへ至る地図。

言葉にするのは簡単だが、今、誰がどのような形で所持しているのか……それを知ることは相当に困難に思えた。というのもそれらは世界の最重要機密事項であり、《ミゾエフ連邦》および彼《か》の国が中心となって設立した《連邦政府》によって厳重に管理されていることが予想されたからだ。

事実、《名探偵》夏凪渚《なつなぎなぎさ》の問い合わせを受けても政府高官らは、

『我々は《虚空暦録》にまつわる問いに対する回答権を有していません』

そう言うばかりで、こちらが望む情報は得られなかった。

だがその後、《巫女《みこ》》ミア・ウィットロックの未来視によって、ネバーランド計画に巻き込まれる被害者が再び予言された。その数、計七名。その名を見て《暗殺者》加瀬風靡《かせふうび》は納得したように頷《うなず》き、こう口にした。

『少なくともこの内の三人は間違いなく地図の所持者だ』

どうやら彼女は独自にそういったところまで調査を進めていたらしい。

言ってしまえば諜報活動《ちょうほう》。バレたらスパイとして《調律者》もクビになりそうなものだが……それを危惧する俺に対して、彼女はこう答えた。

『覚えておけ、君塚《きみづか》。正義なんて、本物の悪の前ではいくらでも揺らぐということを』

加瀬風靡が正義だとすれば、本物の悪とはアベルのことか。奴《やつ》を捕らえるためならどんな危ない橋でも渡ると、そう言いたかったのだろうか。

だとすれば。彼女のその使命感は一体どこから来るのか。自身の正義を揺るがしてでも巨悪を滅しようとするその意志の出どころは、一体──

しかし風靡さんがそれ以上語ることはなく、ライアンとシャルの二人を連れて異国へ飛び立った。目的は一つ、《虚空暦録》へ至る地図の回収。安全性の確保のため複数人で、かつ効率的にアベルより先に地図を回収するためにチームで動くのだ。

というわけで、残るメンバーの俺、夏凪、大神《おおかみ》もまた三人で動いていた。ミアの予言に従ってやって来たのは東南アジアの島国・シンガポール共和国。ここにも《虚空暦録》へ至る地図の所有者はいるはずなのだが……。

「ねえ～、暑すぎじゃない？　本当に今って九月？」

青い空、高い陽射《ひざ》し。空港に降り立ち、外に出るなり夏凪がうなだれた。

「高温多湿の国だからな。でも、去年もこの時期に来ただろ？」

シエスタが眠りについた直後のこと。俺たちは《連邦政府》高官アイスドールに呼ばれて斎川《さいかわ》やシャルと共にこの国を訪れた。そこで夏凪《なつなぎ》は正式に《名探偵》に就任したわけだが、それ以来一年ぶりの訪問だった。

「去年より暑い気がする……。君塚《きみづか》、地球温暖化止めてよ。《特異点》なんでしょ？」

「そんな便利設定であってたまるか！　ほら、しゃんと背筋を伸ばせ」

そう言って軽く背中を叩《たた》こうとしたところ、夏凪は慌てた様子でそれを躱《かわ》した。

「……汗かいてるから触っちゃヤダ」

恥ずかしそうに顔を背ける夏凪。……今度から気をつけることにしよう。

「それで、君塚。約束の相手は？」

「ん、もう来るはずなんだけどな」

俺はとあるツテを使って、地図の持ち主とコンタクトを取ることに成功していた。到着の時間は事前に知らせており、迎えの車を空港に寄越《よこ》すと言われていたのだが……。

「お前のそのツテとやらは信用できるんだろうな」

口を挟んできたのは大神《おおかみ》。相変わらずのスーツ姿で髪型もオールバックで決めている。

「多分な。昔、この国でシエスタと仕事をした時の関係者ではある」

先日も話した通り、俺とシエスタはかつてこの地で、《虚空暦録《アカシックレコード》》へ至る地図を守った経験がある。当時の地図の保有者は最近病気で亡くなってしまったようなのだが、その身

内が地図を引き継いでいたらしい。

「今回もアベルに地図は奪わせない」

あとは、地図の現所有者も俺たちに協力してくれればいいのだが。

「——お待たせをしております」

と、その時。背後から声をかけられる。

振り返るとそこにはグレーのスーツ姿の男。一礼をしながら「ユーハン先生の代理人です」と名刺を差し出してきた。

——リン・ユーハン。それが地図の所有者であり、俺たちが会おうとしている相手だった。それから代理人はユーハンとの面会は最速で十七時になることを伝え、それまでは自由に過ごしてほしいと一枚のクレジットカードを手渡し、一礼して去っていった。

「ということらしいが、どうする？　夏凪《なつなぎ》」

まだ約束の時刻までは五時間ほどある。どうやらこの黒いカードはそれまで好きに使っていいようだが、どこへ行こうか。

「君塚《きみづか》のギャグぐらい冷えたところ」

「理不尽だ」

俺たち三人はタクシーに乗り込み、近くのショッピングモールを訪れた。

キンキンに冷えた館内が暑さを忘れさせる。そしてまずは腹ごしらえにとレストランへ入店。俺と夏凪、そして大神《おおかみ》の三人での昼食となった。

「ん!? 美味《おい》しっ!」

比喩ではなく本当に頬《ほお》が落ちるかのような蕩《とろ》け顔でチリクラブを食べる夏凪。

だが唇の端には赤いソース。こういうところはまだ子供っぽいなと俺はハンカチを取り出す。……が、しかし。

「名探偵。失礼します」

夏凪の隣に座っていた大神が、先にハンカチでソースを拭った。

「……あはは、ちょっと恥ずかしいかも」

「女性は少しぐらい茶目《ちゃめ》っ気《け》がある方が魅力的です」

大神の返しに夏凪は両目をぱちくりと瞬《まばた》かせ「上手《うま》いなあ大神さんは」と言って笑う。

……俺は一体なにを見せられている?

「どうした君塚君彦《きみひこ》、やけに不機嫌そうだが」

「うるさい、元から俺はこんな顔だ」

ちまちまフォークを使うのにも飽き、俺は真っ赤なカニに齧《かじ》り付いた。

「あたしも髪括《くく》っちゃお」

すると俺の食べっぷりを真似《まね》するのか、夏凪がヘアゴムで髪の後ろを束ね始める。

去年の夏に一度バッサリ切って以来ショートカットの時期が続いていたが、最近はまた少し伸ばしているようだった。

「いいな、それも」

「わ、珍しい。君塚《きみづか》、ポニーテール好きなの？」

「嫌いな男いないだろ」

多分そこで涼しい顔をしてる大人もな。

「もう少し伸びたら、久しぶりにあれも使えるかな」

「あのリボンか」

夏凪《なつなぎ》の激情の色を表したような真っ赤なリボン。元はシエスタのもので、それを夏凪が受け継いだ過去があった。去年髪を切って以来、今は大事に仕舞《しま》っているらしい。

「いつぐらいになりそうだ？　髪って一日に何ミリ伸びるんだ？」

「いつになく君塚がワクワクしてる……」

なぜか夏凪は若干引きつつも、それからクスッと微笑《ほほえ》んで、

「褒め言葉、いっぱい考えといてよね」

今はまだ小さめのポニーテールをふわりと揺らした。

そうして食事を終えた俺たちは、今度は夏凪の希望で買い物をすることになった。

「それじゃ君塚、大神《おおかみ》さん。行ってくる！」

早速バタバタと近くのブティックへ入っていく夏凪。こういうところはしっかり女子大

生である。

「もう俺たちのこと目に入っちゃいないな……」

「はっ、そういう一本槍《いっぽんやり》の姿勢こそ正義の味方には相応《ふさわ》しい」

大神は分かったようなことを言いながら、ゆっくりと夏凪の後を追う。

「大神。あんた、やっぱり夏凪には甘いな」

「それが名探偵の右腕としての役割だろう」

だからあんたはいつまで助手代行の気分なんだよ。

「今回も夏凪のサポートに回るつもりか？」

「いや、この事件にはあくまでも俺の事情で関わらせてもらう。アベルの正体が《怪盗》であれば、奴《やつ》を捕らえることは亜門《あもん》の仇《かたき》を取ることにも繋《つな》がるかもしれん」

「……そうか。あんたの旧友を殺した《七大罪の魔人》を作り出したのは、《怪盗》かもしれないんだったな」

やはり今回の作戦に関わっているのは皆、アベルに対して浅からぬ因縁を持っている人間ばかり。だからこそ互いに信用もできるわけだ。

そうして俺と大神も遅れてブティックに入店する。するとそれに気付いた夏凪が、手にした二着のワンピースを見せてきた。

「ねえ、二人とも！　どっちがいいと思う？」

一瞬大神《おおかみ》と視線が合い、俺たちはそれぞれ右と左を指差す。

「……！　そっか、じゃあ両方買っちゃおっと！」

なるほど。どうやら今回ばかりは、助手役が二人いて正解らしかった。

例のカードで買い物を済ませ、夏凪《なつなぎ》はまた次の店へ。残ったのは俺と大神、加えて大量の服が入った紙袋。

「大神、少しは持ってくれ。一人で涼しい顔をするな」

「仕方がないな」

大神は紙袋を半分引き受け、自らの右腕に移した。

そしてなぜか俺を見て、ふっと口角を上げる。

「……やっぱり返せ。夏凪の右腕は俺一人で十分だ」

「そういうことは本人に直接言うことをお勧めする」

◆交渉人、夏凪 渚《なぎさ》

その後も俺たち三人は買い物や食事で時間を潰し、夜遅くになってようやく代理人から連絡が入った。

呼び出された場所はとある高級ホテルの最上階にあるバー。入り口でボディチェックを受けた後、貸し切りだという店に足を踏み入れる。

「君たちか。よく来たね」

広いソファ席の奥に座っていた人物が俺たちに声をかける。《虚空暦録《アカシックレコード》》へ至る地図の所有者にてシンガポール共和国、国会議員――リン・ユーハン。

「そして悪かった。時間の調整をお願いしてしまって」

まだ四十代と政治家としては比較的若いものの、すでに要職に就いた経験も多い次世代のリーダー候補。だがそれも当然、彼の父親リン・リューシェンは先代首相だった。

「父が生前、世話になったと聞く」

ユーハンが俺に握手を求めてくる。

彼の亡き父、リン・リューシェンこそ地図の元所有者だった。

「さすがに俺が一国の首相を世話した覚えはない。あるとすれば、先代の探偵です」

「はは、そうだったか。まあ、掛けてくれ。随分と若く見えるがアルコールは問題ない年齢だったかな？」

そうして俺とユーハンは社交辞令に相応《ふさわ》しい微笑を湛《たた》えながらソファに座る。その様子を不思議そうに眺めながら、夏凪も俺の横に座った。

「なんか君塚《きみづか》が大人に見える。慣れてるんだ、こういうの」

まあ、この手のシチュエーションはシエスタに散々付き合わされたからな。

「さて、君たちの目的だが、確か……」

「ああ、とある人物があんたの持つ《虚空暦録《アカシックレコード》》へ至る地図を狙っている」

それを防ぐために俺たちが代わりに地図を回収したい、と。事前に伝えていた用件を再度口にした。

「そうか。またアベルはこれを狙うか」

ユーハンはウイスキーを呷《あお》りながら目を細める。

「ネバーランド計画だったかな。地図の保有者である私は、アベルに唆された私の子に殺されるかもしれない……そういう話だな？」

さすがは政治家。今置かれた状況を端的に、冷静に口にした。

「予想され得る加害者は二人です」

するとソファには座らず、立ったままだった大神《おおかみ》が指を二本立てた。

「あなたの子息と息女——すなわち十六歳の長男・リュウホと、二十三歳の長女・メイファン。これまでのネバーランド計画の加害者の年齢を見るに、長男のリュウホが選ばれる可能性が高いように思いますが」

「ああ、私も同意見だ。長女の方は今、海を渡ってジャーナリストとして活動している。しばらくこの国に戻ることもないだろう」

ユーハンの長女、メイファン。実は昔、俺も地図の一件でシエスタと共に彼女と関わり合ったことがあるのだが、どうやら元気にやっているらしい。

過去の依頼人や、偶然でも出会ったことのある人物と、未来で再び縁を紡ぐことはある。シエスタはそれをなにより重要視していたし、今こうしてユーハンと話し合いの場を持てているのもそのおかげだった。

「問題はリュウホか。確かに最近、あの子とはあまり話していない。無論、家庭内不和があるとまでは思っていないがね」

なるほど、ユーハン自身の認識はそうなのか。しかしそれが事実だとしてもアベルには関係ない。人の感情を強制的に上書きするという《暗号《コード》》を奴《やつ》は持っている。

「地図を、渡してもらえないか？」

俺は改めてユーハンにそう申し出る。

アベルに奪われる前に。息子のリュウホに殺されてしまう前に。

「私はね、この命など惜しくないのだよ」

ユーハンがグラスの中の丸い氷を指先で突《つつ》く。

「父も同じくそうだった。我々は国のために命を捧《ささ》げている。ゆえに亡き父から引き継いだあれを、そう簡単に渡すことはできない。私の命など比較にならぬほどあの地図の価値は重いのだから」

……そうまでしてでも守りたいのか、あの地図を。

一体なんなんだ、アカシックレコードとは。その正体を誰なら知っているのか。

「でも、このままだとその命より大事な地図がアベルに奪われるかもしれない」

「ああ、そうだな。だが、君たちがそのアベルの使者であるという可能性も私は疑わなければならない」

次の瞬間、ダークスーツの男たちが一斉に俺たちへ銃口を向けた。《黒服》というわけではない、ユーハンの護衛だろう。こうなってはそう簡単に身動きが取れない。

「ほお、君たちにも優秀なＳＰがいたものだ」

しかし、ユーハンが感心したように目を細めた。その視線の先にいたのは、ユーハンに向かって銃を構えた大神《おおかみ》の姿だった。一度もソファに座ろうとしなかったのはこのためか。

「どうやってボディチェックをくぐり抜けた？」

「公安警察の必須技能だ」

大神はユーハンへの敬語をやめ、銃の撃鉄を起こした。

「待って、大神さん！」

その時、夏凪《なつなぎ》が声を張り上げた。

「お願い、あたしにやらせて」

赤い瞳が訴えかける。ここは自分の出番だ、と。

「……信じましょう」

するとは夏凪が《言霊《ことだま》》を使うまでもなく、大神は銃を下ろした。それを見てユーハンも、護衛に銃口を外すようジェスチャーを出した。

「──三ヶ月。三ヶ月だけ地図を預からせてくれない？」

夏凪はユーハンにそう交渉を申し出る。

「預かっている間にあたしたちがアベルを捕まえて、必ず地図はあなたに返す」

「どのようにして信用しろと？」

「今から三ヶ月の間、あたしは今日この国で買った服や靴や鞄《かばん》を必ず身につけ続ける。そこに発信器をつけて、ね」

そう言いながら夏凪は、ユーハンから借りていたクレジットカードを返却した。

「つまり君を監視して構わないと？」

「そう、もしあたしがあなたを裏切ったり、失敗してアベルに地図を奪われたと判断した時は、容赦なくあたしを誘拐しにきて」

あたしが地図の代わりになる、と。夏凪は強い意志でユーハンを見つめる。

「あなたはこの地図そのものに執着があるわけじゃない。さっき自分で言っていた通り、あなたが一番大事なのはこの地図でも自分の命でもなく──国。このシンガポールという国の立場と国益」

ユーハンの眉が僅かに動いた。

恐らく彼は……この国は、《連邦政府》と取引をしているのだ。この地図を守り続ける限り、たとえばミゾエフ連邦国家と有利な条約を結ぶことができる、だとか。ゆえに逆説的に言えばユーハンにとって例の地図は、国を守る手段でしかない。

「だから万が一あたしが失敗を犯して地図を失ったとしても、あなたには引き続き《連邦政府》と対等に渡り合える材料が残る。世界に十二人しかいない《調律者》という貴重な交渉材料《ひとじち》が」

よく言えば胆力、悪く言えば蛮勇。まさか自分を人質にしてまで地図を引き渡させようとするとは。だが夏凪《なつなぎ》はそれができてしまう人間だった。

「あ、でも待って。あたしより人質が似合う人がいたような」

ふと夏凪がなにかに気付いたように俺を見る。……まさか。

「っ、つい最近シャルの仕打ちから庇《かば》ってくれたはずだろ！」

「あはは。でもほら、《名探偵》より《特異点》の方が役的には強そうじゃない？」

「人の価値をポーカーみたいな指標で測るな！」

いや、軽口を言い合っている場合ではなく。

恐る恐るユーハンの様子を窺《うかが》うと……俺たちのコントには目もくれず、なにかを考えるようにゆっくり酒を飲んでいた。

「…………」

現状、ユーハンが俺たちを全面的に信用するのは難しいだろう。

しかしこのままだとアベルに地図が奪われる危険があることも、ユーハンは十二分に理解しているはずだった。であれば、きっと。

「半年前、《革命家》の女が地図を代わりに管理しようと持ち掛けてきた時も、私は断ったのだがな」

ユーハンは酒を飲み干し、遂《つい》に夏凪に目を向けた。

「三ヶ月、見張りの目は緩めない。逃げ切れるものではないぞ？」

「ええ、分かってます」

「そうか、ならば持って行きなさい」

ダークスーツの男の一人が、テーブルの上にアタッシュケースを置く。

中身は真珠の首飾り。

だが、その真珠にはＩＣチップが埋め込まれている。《虚空暦録《アカシックレコード》》へ至る地図のデータが入った、小さなチップが。

「確かに預かりました」

夏凪が真面目な顔で頷《うなず》き、だがその後ホッと胸を撫《な》で下《お》ろすように小さく息を吐いた。

《革命家》を超えた《名探偵》の大仕事だった。

◆正反対の道標《みちしるべ》

地図を回収する旅はそれからも続いた。

シンガポールから帰国して間もなく、俺は次にアメリカはロサンゼルスへと飛んだ。

まるでシエスタと三年間放浪していたあの頃のようで、そういうスケジュールもそれなりに慣れてはいるものの疲労は溜《た》まる。

「せめて話し相手がいればな」

今回、ここまでの移動は一人きり。シンガポールで一緒だった夏凪《なつなぎ》と大神《おおかみ》は、今度はシャルを加えた三人で別の国へ赴いていた。

だが俺には今回、また別の仲間がいる。ダウンタウンの大通り、指定された道沿いで人を待つ。すると一際目立つ赤いスポーツカーが走ってくるのが見えた。

「ああいうのが知り合いじゃなくて助かったな」

派手なスーツを着てサングラスを掛けた男が片手でハンドルを握り、助手席には同じくサングラスの女。仲良くなれる人種ではない、と目を逸《そ》らす。

が、程なくしてクラクションが鳴った。俺の立っているすぐ横に車が停車する。例のスポーツカーだった。

「やあ、待たせたね」

運転席の男がサングラスを外し、そして助手席の女も、

「もっと目立つ格好をしておけ。どこのモブかと思ったぞ」

煙草《たばこ》を燻《くゆ》らせながら俺に絡んでくる。

……まさかの知り合いだった。というかライアンと風靡《ふうび》さんだった。最悪だ。

「パニック映画に出たら真っ先に殺されそうだな、あんたたち」

シリアルキラーとか地球外生命体とか人喰《ひとく》いザメあたりに。

「僕らはその手の連中に後れは取らないよ。代わりに最強夫婦スパイとして主演を張る」

「誰が夫婦だ、首筋搔《か》き切るぞ」

そんな犬も食わない痴話喧嘩《げんか》を聞きつつ俺は後部座席に乗り込む。あまりドライブにいい思い出はないのだが……俺のため息は誰の耳にも留まらず車は走り出す。

「久しぶりだが、やっぱりこの街を走るのは気分がいいな」

風に吹かれながらライアンは鮮やかな金髪をかき上げる。

「あんたはこの国出身だったか？」

「ああ。こういう仕事をしていると、ついルーツを忘れそうになるけどね」

世界各国で活躍しているというインターポール。ライアン・ホワイトはまさに表社会の正義の象徴。あの風靡さんも毒を吐きながらも一目を置いている。

「ライアン、あんたは《調律者》になろうとは思わなかったのか？」

たとえば過去《調律者》だったフリッツ・スチュワートという男は表舞台で政治家をしながら裏では《革命家》の職務を担っていた。彼の場合は確か市長だったが、それこそ一国の大統領が実は《調律者》だった……みたいな展開はありそうな気もする。

「それはなかなか難しいかもしれないね」

しかしライアンはやんわりと俺の疑問を否定する。

「役職の特色上《革命家》はともかく、《連邦政府》は権力の分散が大事だと考えているようだ。特定の人物に表と裏、両方の舞台で権力を持たせ過ぎるのは危険だと。そして僕自身も今この立場で満足している」

「……だから逆に《調律者》の風靡《ふうび》さんは、表では割と普通の警察官をやってるのか」

「ああ、昔そう約束したんだ。僕は表から、風靡は裏からこの世界を守ろうと」

正義というものに対する風靡さんの執着は、これまで何度も見たことがある。それがきっかけで対立したのはもう一年以上前か。

しかし風靡さんがそうなった理由にはライアンが絡んでいるのだろうか。約束とは一体なんのことなのか。やはり気になり、視線を送ると。

「…………」

「無言サングラス煙草《たばこ》は怖すぎる」

まるで触れるなと言わんばかりだった。

「で、風靡さん。今回の地図の保持者は？」

この車はそこに向かっているはずだが、まだ俺は詳しい話を聞いていなかった。

すると風靡さんは助手席に座ったまま写真を差し出してくる。そこには一人の大柄の男が写っていた。

「ニコラス・ゴルトシュミット。今は引退したNBAプレイヤーだ。実力もさることながら全盛期の人気は凄《すさ》まじく、スポンサー契約を無数に結び、息をするだけで百万ドル稼ぐと言われていた」

「バスケ選手か。でもなぜ彼のような男がアカシックレコードの地図を？」

「簡単に言えば地図を所持する権利を巨額のマネーで買った。そういう権力を持つことをステータスとしたかったのだろう。どういう経緯で《連邦政府》が許可をしたのかは分からないがな」

なるほど。地図の所有所は必ずしも政治家とは限らないらしい。

「それで、このニコラスという男は今なにを？」

「怪我《けが》で不本意な引退をしてからは酒に溺れているらしい。離婚して、今はひと財産作った時に建てた豪邸で十四歳の息子と二人暮らしだ」

さすがは警察官、調べが早い。

「家庭内に問題もあるということは、やっぱりネバーランド計画に合致するのか」

ミアの予言にもこの男の名は出たと聞く。アベルが地図を狙っているのは間違いないだろう。無事に先回りして回収できればいいが……。

「二人とも。どうやら少し事情が変わったようだ」

バックミラー越しにライアンが目を細めたのが分かった。

車は右折し、細い道へ入る。

「何者かにつけられている。複数台の車がローテーションで監視しているらしい。もしこのまま小道を抜けて、何台か後ろに青のフォード車が走っていたら間違いない」

間もなく車は再び大通りに出る。

それとなく振り返ってみると、ライアンの言っていた通りの車が見えた。ライアンはハンドルを切り、また一時的に脇道に逃げる。

「どう思う、風靡《ふうび》」

「《黒服》か、あるいはもう少し上の奴《やつ》だな」

「同意見だ。そして恐らく正解は後者だろう」

ライアンの言葉を聞いてか、それともなにか気配を察してか。風靡さんがサングラスを外し、すぐ隣のビルを見上げる——女が立っていた。そして俺たちが乗っている車が通過するのを見下ろしている。そいつは頭から黒いベールを被《かぶ》っていて……。

「まさか、あいつは」

「《革命家》だな」

風靡さんが言う。やはりイギリスでの《連邦会議》にいた、あの女か。

「上の連中がアタシらの動きに勘づいたらしい。勝手に地図を回収しようとしていると」

だとするとあの《革命家》は《連邦政府》の指示を受けて俺たちを止めにきたのか。

「アベルの計画を食い止めるためだっていう説得はできないんです？」

「本来ならそれで道理は適《かな》っている。が、それを受け入れられないほど、あいつらはアタシたちが《虚空暦録《アカシックレコード》》に関わることを嫌うらしい」

……そうか。だからこそライアンも、信頼できる同志の身に限定して今回のチーム戦を組んでいるのだろう。俺たちだけで地図を回収し、アベルの計画を止めるために。

「ライアン、お前はまだ間に合うぞ」

風靡さんが運転席を見ることなく言う。

「アタシやそこのガキほど、お前はアンダーグラウンドの人間じゃない。これまでも努めて《調律者》とは一定の距離を取ってきた。アタシとの関わりも避けていたようにな」

風靡さんは軽い調子で「だからこの件から手を引いてもまだ間に合う」と言う。

「お前まで下手に《連邦政府》に目をつけられる必要はない。お前は清廉潔白なインターポールのまま、《純白の正義》のままで……」

その時、急ブレーキが掛かりスポーツカーは停車した。

「確かにあの日僕らは約束した。君は裏から、僕は表からこの世界を守ろうと。けれど、その立場を守るためだからといって仲間を切り捨てはしない」

それに、と口角を上げながらライアンは車を降りる。

「君も知ってるだろう？　意外と僕の腹は黒いってことを」

そしてライアンは数十メートル先、道の向こうに降り立った敵を見た。特別な政治力によって世界をも傾かせるという《革命家》の女を。

「というわけで風靡《ふうび》、運転は頼んだよ。あれは僕が引き受ける」

「……またお前一人で面倒事を」

風靡さんは不愉快そうに舌打ちをしながらも、数秒後には。

「丸め込まれるなよ、ライアン」

「はは！　ネゴシエーションも僕の得意分野だ」

先に行け、とライアンは振り返らず俺たちを送り出す。

それに対して風靡さんは一瞥《いちべつ》もくれず、ハンドルを代わって握り——間もなく赤いスポーツカーは走り出した。

「激アツな信頼関係ですね」

「次いじったら殺すと言ったよな」

◆暗殺者は語りえぬ

「ニコラス・ゴルトシュミットの家はここだな」

地図アプリと目の前の豪邸を見比べながら、風靡さんが車を降りようとする。

「おい、どうした。行くぞ、クソガキ」

「人を殴っておいて何事もなかったかのように……」

助手席に座っていた俺は精一杯恨みがましく左頬《ほお》をさする。ライアンとの関係をいじった俺を、暗殺者の右ストレートが襲ったのは十分前のことだった。

「大人を舐《な》めるからこうなる」

「この程度でブチ切れる人間を大人とは呼ばない！」

……っ、大声を出すとまた痛む。

ちなみに殴られた時は痛みと驚きでちょっと泣いた。

「お前だってアタシを殴り飛ばしたことあっただろうが」

「……あの時は正当な理由があったんで」

車を降りる風靡さんの後に俺も続く。

ニコラス・ゴルトシュミットの邸宅はちょっとした城のように巨大だった。

「斎川《さいかわ》の家といい勝負だな」

こんな広い家で父と子の二人暮らしというのは想像するだけで少し淋《さび》しい。……が、そう考えると斎川《さいかわ》も同じか。お手伝いさんが住み込みで働いているとは聞いているが。

「もう少し、遊びに行かせてもらうか」

昔以上に忙しくなったあいつが俺と遊ぶ時間を取ってくれるなら、という前提だが。

「出ないか。まあ、予想通りだ」

風靡《ふうび》さんはゴルトシュミット家のチャイムを鳴らしていた。だが反応はない。留守なのか、あるいは昼間から酒に浸っているのか。

すると風靡さんはなんら躊躇《ためら》わず、タタッと門をよじ登る。そして俺に向かって右手を差し出してきた。

「自分が警察官ってこと忘れてないか？」

「なにを言ってる、アタシは地域のパトロールをしてるだけだ」

思わず苦笑しつつ、俺は差し出された手を掴《つか》む。

門を越えると、玄関までは大きな庭が拡《ひろ》がっていた。だがあまり手入れされているようには見えない。人も雇ってはいないらしい。

「今さらですけど、事前にコンタクトは取れなかったんです？」

「ああ、十四歳の子供の方が一度電話に出たがすぐに切られた」

なるほど。聞いた情報だけではあるが、やはりこの家に問題がないとは思えない。

俺は昔、こういう家を何度も見てきた——俺の師を名乗っていたダニー・ブライアントに連れられて。また今こうした問題に関わっているのは偶然なのか、それとも。

「開いてるな。入るぞ」

ドアノブを回した風靡さんに続いて玄関を跨《また》ぎ、部屋の探索を始める。

「そういえば、風靡さんとこうして一緒に仕事した記憶はあんまりないな」

これまで間接的に関わることは多かったし、共通の課題について話をした回数も数知れない。でも直接二人で仕事を共にすることはこれまでほぼなかった。

「足だけは引っ張るな」

「あんたは俺を引《ひ》き摺《ず》ってでも動けるだろ」

ふと、近くのドアが少しだけ開いていることに気付く。

覗《のぞ》いてみると、そこは子供部屋のようだった。勉強机とベッド以外はあまり物がないシンプルな部屋。整理整頓され掃除も行き届いている。

ただ一点だけ、窓の横には大きなポスターが貼られている。そこには、どこかで見たばかりのバスケットボール選手が写っていた。

「——そんな物騒なものを持ってどうした？」

部屋の外で声がする。

慌てて飛び出すと、廊下の向こうには風靡さんが立っていた。

そしてその先にはさらに一人の少年——右手には、包丁が握られている。

「ニコラス・ゴルトシュミットの息子か」

背筋は曲がり、目は虚《うつ》ろ。明らかに普通の様子ではない。

間違いない。アベルによる暗号に……コードに操られている。あの手に握られている包丁でなにをしようとしていたのか、言うまでもない。

「下がってろ、君塚《きみづか》」

そう言った紅髪の暗殺者の手にも、いつの間にか得物が握られている。鋭利なサバイバルナイフが鈍色《にびいろ》に光った。

「風靡《ふうび》さん、あんたの目的は？」

「無論、地図の回収だ」

——そうか。いや、彼女にしてみればそれは正しい。《暗殺者》としても、今回の元々のミッションを考えたとしても。だけど。

「俺の一番の目的は、あの子に殺人を犯させないことだ」

風靡さんの前に俺は歩み出た。

あの子のことも父親のことも助けてみせる。もし今ここに《名探偵》がいたら、あるいはダニー・ブライアントがいたら。間違いなくそうしたはずだから。

「君は父親を殺したいほど憎んでなんかいないはずだ」

根拠のない感情論だろうか。あるいは俺の願望か。

子が親を殺したいほど憎むはずがない、だなんて。世界中探せば……いや日本だけでも実例は山ほどあるだろう。これればかりは体裁のいいことを言うわけにはいかない。

でも、少なくともこの子は違うはずだ。

栄光ある父の姿をポスターで飾っていたように。その部屋だけは綺麗《きれい》に掃除をしていたように。鍵のかかっていないこの家から、少年は逃げ出すこともなくここにいる。自分の意志でここにいる。だから。

「君がその刃物を振るう理由なんてあるはずがない」

俺は強い言葉で少年を襲う悪夢を振り払う。

夏凪《なつなぎ》の《言霊《ことだま》》の真似《まね》でもなんでもいい。俺の言葉でこの現実を否定できるのなら。アベルの《暗号《コード》》を上書きできるのなら。

「………」

包丁を握った少年の手が、少しだけ震えた気がした。

「オレの息子になにをする！」

その時、廊下の奥から人影が現れた。二メートルを超える大男――ニコラス・ゴルトシュミット。手にはライフルが握られている。

「っ、伏せろ！」

風靡《ふうび》さんにそう言われた時には、俺はすでに廊下に頭をつけていた。というよりも、風靡さん本人に押さえ込まれていた。

間もなく鳴った発砲音。一秒遅ければ身体《からだ》に風穴が空いていただろう。そして次に俺が見たのは、紅《あか》い影が風のように走る姿。ニコラスは驚いたように目を見張りながらも息子の前に出てライフルを構える。

「撃ってみろ」

二発目の銃声。と、同時に金属音のような音が鳴る。俺の目では追いきれない——だが恐らく加瀬《かせ》風靡のナイフは銃弾を叩《たた》き斬っていて。

「その強さを持っているなら、最初からその子を守ってやれ」

直後、役目を果たしたナイフは放り投げ、鋭い蹴りをもってライフルをへし折った。

「これがオレの持つ地図だ」

騒ぎが収まった後、広いダイニングにて。

ニコラス・ゴルトシュミットは風靡さんと俺に、古びた懐中時計を差し出した。ここに《虚空暦録《アカシックレコード》》へ至る地図のデータが仕込んであるらしい。

「本当に俺たちで引き取っていいのか?」

「ああ、これを持っている限りまたこういう事態になるかもしれない。だったら手放した方が得策だ」

ニコラスは近くのソファで眠っている息子を見つめる。アベルの《暗号《コード》》による洗脳が解けたのだろう。じきに目も覚ますはずだ。

「オレは近づくべきじゃない世界にまで足を延ばしていたらしい」

大きな身体を丸めながらニコラスは自嘲する。

自身の驕《おご》りやステータスのためにアカシックレコードに手を出したことを後悔しているのか。結果として今回はそれが原因でアベルに目をつけられたわけだ。

「人間、自分の器を超えてはならんのだろうな」

ニコラスは、どこか憑《つ》き物《もの》が落ちたような顔でそう呟《つぶや》いた。

それから外に出ると、すっかり陽《ひ》は暮れていた。

「迎えに来いだと。ライアンからだ」

風靡さんがスマートフォンを見てメッセージを確認する。

あの《革命家》との戦い、あるいは交渉は、一旦落ち着いたと見てよさそうか。俺はホッとため息をつき、空を見上げる。

欠けた月が薄暗い空に浮かんでいた。

「俺は多分、器なんてものはとうに壊してる」

思わず漏らした言葉に、風靡さんが車に乗り込もうとしていた動きを止めた。

「本来の物語からは逸脱して、大勢の人を巻き込んで、世界のタブーに足を踏み入れている。でも、せめてもの責任として、最後まで足は止めない。『役割』を超えるために」

吸血鬼の王が、最後に俺へ言っていたように。

「そうか。お前の人生だ。他人を巻き込もうと、世界を巻き込もうと、それを含めてお前の人生だ。好きにするといい」

「優しいですね、珍しく。母親みたいだ」

「お前を産むような年齢じゃない。右頬《ほお》も差し出すか？」

やめてくれ。あんたには冗談が通じないと分かったばかりだ。

「だがお前が好き勝手やった結果、正義が失われた時は——アタシはお前を容赦しない」

「ええ、むしろそういうスタンスの方が助かります」

そこでようやく目が合い、互いに肩を竦《すく》めた。

「風靡《ふうび》さん。あんたはなぜ警察官に？」

なぜ調律者に、という問いでも構わない。なんとなく、同じ答えになる気がした。

風靡さんは車にもたれながら煙草《たばこ》に火をつける。

「魔法少女や吸血鬼は、こういう時にお前の問いに答えたか？」

「リルは秘密を隠したまま、スカーレットは嘘《うそ》を交えながら」

それでも彼女は、彼は、過去を語った。

だから風靡さんも。秘密や嘘を交えてでも、なにか話してくれるのではないか……というのは浅はかな考えだっただろうか。付き合いはもう六年か七年。でも俺は加瀬《かせ》風靡のパーソナルを本当のところまったく知らない。

「知る必要はない」

煙を長く、長く吐き出す。

「アタシの話なんて、過去なんて、お前は知らなくていい。なぜアタシが警察官になったのか、調律者になったのか。すべてお前にとっては関係ない。お前がお前のやり方で物語を進めるように、アタシはアタシで勝手にやるさ」

そう語る表情は晴れやかというわけでもないが、暗く沈んでいるわけでもない。ただ分かるのは、これ以上俺が彼女から聞き出せる話はないという事実だけだ。

「相変わらず固いですね、ガード」

「はっ、国家公務員として守秘義務を守ってるだけだ」

まだ十分吸えそうな煙草を灰皿で潰し、風靡さんは一足先に車に乗り込む。

「アタシのことが知りたければ、もう少し大人になってから来い。クソガキ」

そう言って珍しく口角を上げた表情を俺がどう思ったのか。

ここでは言及しないでおく。

【15years ago Fubi】

「ここにいたんだね。風靡《ふうび》」

火葬を待つ間、建物の外で風に当たっていたアタシに、ライアン・ホワイトは缶ジュースを投げて寄越《よこ》した。話しかけるなというオーラを出していたつもりだったが、空気の読めないこの男には効かなかったらしい。

「人の遺体が焼けるのを待つ間ほど人生で虚《むな》しい時間はない。心から思うよ」

ライアンはそう口にして「座ろうか」と、近くの階段をベンチ代わりに使う。アタシは少し離れた段に座った。

「生き返るわけでもない遺体を永久に保存しておくわけにもいかない。土葬するにも土地の限界はある。宗教観にかかわらず、火葬は合理的なシステムだ」

そう言ってアタシは缶ジュースを開けて一口呷《あお》る。人工的な砂糖の甘みが口に広がった。

「君は本当に中学生か、風靡」

ライアンはアタシを見てなぜか淋《さび》しそうに笑う。そして。

「でも、今燃えているのは風靡、君の父親だ。君はもっと悲しんでいい」

父が死んだ。その事実を受け止めていないわけではない。

二日前に死の知らせを受け、通夜があり、葬儀があり、そして遺体は今燃えている。

その現実をしかと目にしている上で、アタシは映画の登場人物のように悲しみに暮れてはいなかった。

「映画やドラマだけじゃない」

まるでアタシの心を読むようにライアンは言う。

「現実でも、肉親が死んだら普通は悲しむものだ。特に風靡、君の場合は男手一つで育ててくれた父親なんだから」

正論、なのだろう。ライアンの言っていることが間違っているとは思わない。それが世間一般の常識だということはアタシも理解できる。だが。

「よりによってライアン、お前がそれを言うか？　今まさにアタシと同じ境遇のお前が」

二日前、ライアンの父も死んだ。

偶然？　違う。

アタシの父と同じ現場で、同じように死んだからだ。

先日ここ日本で開催された主要国首脳会議、通称サミット。そこで自爆テロが起きた。

犯人は身体《からだ》に爆発物を巻き付け、ミゾエフ連邦国家首脳を襲おうとしたのだ。

だがその直前、二人の警察官が犯人を取り押さえ、最悪の事態は免れたものの――彼ら自身は爆発に巻き込まれた。要人警護の任に就いていたアタシとライアンの父親だった。

「僕らの父は正義のために死んだ。卑劣なテロリストから要人を守り、殉職した。誇りに思うよ」

青空を見上げるライアン。アタシに偉そうな講釈を……いや、不器用な慰めをしてくるライアンも、ただの一度も涙を流していなかった。

「アタシの父親もライアンの父親も、死の間際まで戦った。涙を流す間もなく正義を貫き通した。その背中を見て育ったアタシたちが、泣いていいはずがない」

「……さすがはあの人の娘だね。間違いなく彼の遺志を君は継いでいるよ」

ライアンはアタシの父親を、そしてアタシもライアンの父親をよく知っていた。彼らがひたすら国や街を、人や命を守ろうとしていたことは、誰よりも理解していた。

「でもね、風靡《ふうび》」

ふと、ライアンの声色が変わった。

「そのままではいつか君の心が壊れる。君はもっと自分を甘やかす術《すべ》を覚えた方がいい」

「アタシが虚勢を張っているとでも？」

「いや、その逆だ。君は確かに本心を語っている。でも肉体がそれに追いついていない」

一体なにを言っているのか。

アタシが真意を探りかねていると、ライアンはすっとアタシを指差した。

「さっきから君はずっと涙を零《こぼ》しているよ」

そう言われた瞬間に自覚する。いつの間にか頰《ほお》を伝っていた温かい感触を。

「心と身体《からだ》の距離が離れると、自分でコントロールが利かなくなる。正義を貫き続けたいのなら、僕たちは自分の心を見誤ってはならない。自分が本当はなにを思い、なにを望む人間なのか、目を逸《そ》らしてはいけないんだ」

この男はいつもそうだ。年齢の差か、性別の差か。

いや、アタシたちの間にはもっと言語化できない大きな差がある。そんな巨大な壁の向こう側をこの男はいつも一人で覗《のぞ》いている。だから、今回も――

「アメリカに行くと聞いた」

アタシはポツリとそう漏らした。

「ああ。父親のツテがあってね。しばらく日本には戻らない」

分かっている、元々この男は向こうの国の人間だ。帰るべき場所に帰るだけ。そしてその先で、きっと彼は――ライアン・ホワイトは。

「アタシも、警察官になる」

今は悔しくも、自分が泣いていた事実を認めて涙を拭う。

それは別に父の遺志を継ぐだとかそんなことじゃない。ただ。

「あの人が守ろうとした世界の姿がどんなものだったか、それをこの目で見届ける」

父が命をかけて守ったこの世界とは、正義とは。

その正体こそをアタシは知りたいと思った。

「だったら風靡《ふうび》。君もアメリカに来ないか？　僕が口利きをすれば君も……」

「いや、やめておく」

アタシはライアンの提案を最後まで聞かず立ち上がる。

きっとライアン・ホワイトはその名の通り清廉潔白な、誇り高き警察官になる。正しく強い、本物の正義の味方として世界を股にかけて活躍するに違いない。

だとすれば、同じ方角を向いた人間は二人もいらない。

「アタシは違うアプローチで正義を探す。だから、ライアン。あんたとは今日ここでサヨナラだ」

今度こそ涙は枯れ果てた。アタシは青空の向こうに少しだけ見える曇天を睨《にら》む。

「当てはあるのか？」

「さあな」

でもアタシは知っている。いや、ライアンだって勘付いていたはずだ。アタシたちの父親が普通の警察官ではなかったことぐらい。

だからアタシが本気で望めば、意志を持てば、いつか誰かがそれに気付いて接触してくる。普通ではない正義の味方になる方法が、この世界のどこかにある。

「そうやってアタシは上を目指す」

巨大な壁をよじ登って、地上一万メートルの空を飛んで、それでも足りなければどこへ行こうか。どこまで行けば、この世界の在り方を上から覗《のぞ》き込《こ》むことができるだろうか。

ただ分かるのは、長い旅になるということ。それだけだった。

「そうか。じゃあ、いつか僕たちはまたどこかで再会するだろう」

「人の話、聞いてたか？　アタシはあんたとは違うアプローチで……」

その時、後ろからふっと柔らかく抱き締められる感覚があった。

「自分の命を張ってまでこの地球は丸いと証明した学者が昔いた。だから僕たちが歩みを止めなければ、いつかどこかでまた交わるさ」

ライアンはそう耳元で囁《ささや》いて、そっと身体《からだ》を離した。

「……別に上手《うま》いことは言えてない」

「はは！　相変わらず手厳しいなあ」

ライアンはいつものように笑い、アタシも仕方なく微笑《ほほえ》み返そうとして……けれど、この男に泣き顔を見られたことを思い出し、踏みとどまった。

笑顔まで見せてしまうのは、なんとなく癪《しゃく》だった。

【第三章】

◆たまにはキャンパスライフを

長かった大学の夏季休暇が明けた。

《虚空暦録《アカシックレコード》》へ至る地図を回収する仕事は続いていたが、常にその担当が回ってくるわけではない。空いた時間、俺は夏凪《なつなぎ》と共に大学に通っていた。

今日も五限目の講義を終えると、夏凪に誘われてキャンパス内の図書館に残る。ここで夜まで勉強や課題をこなし、帰りに晩御飯を共にすることが最近は増えていた。

「んっ、疲れたあ」

図書館に来てから一時間半。

小難しそうな本を読んでいた夏凪がぐっと伸びをする。それに伴って強調される胸部。

正直、目のやり場に困る。困ったので特に目は逸《そ》らさないことにした。

「ねえ、見過ぎ」

「悪い、正直許されるかなと」

「君塚《きみづか》、一回ちゃんと偉い人に怒られた方がいいよ」

変態。と、夏凪はたっぷりじとっと俺を見つめる。

裁判に持ち込まれたら百パーセント俺が負けるため、急ぎ話題を変える。

「今日もまた難しそうな本を読んでるんだな」

「あたしはシエスタみたいに知識もないからさ。少しでも追いつかないと」

最近、俺が見かける限りでも夏凪《なつなぎ》はよく本を読んでいる。ジャンルは様々、古典文学や世界史を綴《つづ》った歴史書、果ては生物辞典まで。夏凪は自分の意志で、《名探偵》として本物になろうとしていた。

「そういえば君塚《きみづか》、最後にシエスタに面会できた？」

「ああ、今朝な。ギリギリアウトだったが、無理を言ってセーフにしてもらった」

シエスタの移植手術と、それに伴う準備が始まる前の最後の面会。《発明家》スティーブン曰《いわ》く、すべてが終わって再び俺たちがシエスタに会えるのは、早くても二ヶ月後のことらしい。——その時に彼女がどういう状態で目覚めるのか、それは分からないが。

「そっか。あたしは昨晩こっそり一人で」

「今日一緒に来てもよかったんだぞ？」

「女の子同士で喋《しゃべ》りたいこともあるの」

そういうものか。さては俺の悪口でも言い合ってたんじゃないだろうな？

「あたしの前にシャルも来てたみたいだけどね。ノーチェスが言ってた」

「そうか。あいつも色々思うところはあるだろうからな」

特に今、シャルは個人的に大きな問題を抱えている。もしシエスタがいれば相談したいこともあっただろう。昔からシャルにとってシエスタは唯一、自分の弱みを見せられる存在だったはずだ。でも、今は……。

「君塚、シャルのことは任せたよ？」

するとと夏凪は俺の心中を知ってか知らずか、そんなことを言ってくる。

「別に断りはしないが、なぜ俺なんだ？　俺とシャルの仲が……あんまりアレなのは分かってるだろ？」

「まあね。でもだからこそ、かな」

夏凪は婉曲的《えんきょくてき》なことを口にしながら苦笑する。そういえばこの前もシャルの母親探しに付き合ってあげるよう言われたばかりだった。

「きっと、ほら。君塚とシャルの関係を見守ってあげるのが歴代探偵の仕事なの」

「……そんな仕事まで引き継ぎ事項に書かれてたのか？」

「あはは、不機嫌そうな顔」

夏凪は笑いながら、ペンの尖《とが》っていない方で俺の頬《ほお》を突《つつ》いてくる。

「不機嫌にさせてる側が言うな」

「いいの。あたしはこの顔が好きなんだから」

「全部お前都合なんだが……」

と、そんなやり取りをしていたところ。

「やはり僕の見立ては間違っていなかったようだね」

ふと第三者の声が入ってくる。

「君は彼女のことを親しく思っているようだ」

視線を上げるとそこには白衣姿の男が立っていた。

心理学部教授にして、催眠術師——

「——守屋《もりや》教授？」

夏凪《なつなぎ》が驚いたように目を丸くした。

「この時間まで図書館で勉学に励むとは感心だ。同時に青春も楽しんでいたようだが」

言われて夏凪は、決まりが悪そうに咳払《せきばら》いをする。

守屋教授との出会いは大学入学直後のプレ講義。そこで彼が披露した催眠術を用いた講義の面白さを実感して、俺も夏凪もこの数ヶ月、彼の講義を受けていた。

「それで、教授はなぜここに？」

「書庫に用事があってね。研究で使う本を探しているんだ」

夏凪に対して、相変わらずの柔和な笑みと落ち着いた声で答える。女学生の人気が高いのも分かる……と、気付けば守屋教授が今度は俺の方を見つめていた。

「また俺の心でも読む気です？」

それは四月のプレ講義の時。俺は守屋教授に「なにか大きな問いの前で迷っているのではないか」と言い当てられていた。当時の俺はまさにシエスタの治療方針について悩んでいたのだ。

「いや。今の君に濁りは見えない。昔のような迷いもなく、今果たすべき使命もしっかりと見据えている。むしろ周囲の人間に手を伸ばし、支える側に立っている」

……十分心を読まれている気もするが。

すると守屋教授はわずかに表情に影を落とし、こう続けた。

「だがその場合、同時に君は覚悟もしなければならない。君が支えようとしたその相手が仮に願いを叶《かな》えられなかったとしても、その結果を受け止める覚悟を」

その言葉は、またしても今の俺の胸に刺さるようだった。

誰かを救おうとして、必死に両腕を広げて伸ばして、その理想を実現しようとして――それが叶わなかったとしたら。その時、俺は。

「ああ、すまない。驚かせるつもりも脅すつもりもないんだ」

守屋教授はそっと俺と夏凪の肩に手を置き、教えを残す。

「ただ君たち未来ある学生には大いに悩み、考え、そして確固たる《意志》を持って生きていってほしい。これを伝えることが僕の役割なんだ」

◆世界を変える《意志》

翌日。とある人物からの呼び出しを受けて《黒服》の運転する車に乗っていたところ、スマートフォンが着信を知らせた。名前を見て電話に出る。

『ここのところ、定期連絡がないみたいだけど』

大層不機嫌な魔法少女、リローデッドの声が聞こえてきた。

「定期連絡なんてシステムがあることを今知ったんだが」

『さっきそういう法案が通過したのよ。使い魔は三日に一回、飼い主に連絡を取ることって。ちゃんと国会を見なさいな』

「そうか、これからは選挙に行くことにしよう」

軽口を飛ばしながら車窓を見る。都会から少し離れた景色が流れていた。

『どこかに出掛けてる途中？』

「ああ、リルとは別の《調律者》からの呼び出しだ」

そう答えてから、しばらくの沈黙があった。

『悪いわね、今回もあまり力になれなくて』

具体的なことは言わない。だがリルがなにを気にして電話をかけてきてくれたのかは明白だった。

「元々、アベルを捕まえるのは《暗殺者》の使命だ。《名探偵》や《巫女《みこ》》が関わってるのも成り行きというか、適材適所というかだな……リルだって自分の仕事があるだろ？」

『どうかしら。リルも《魔法少女》としての活動はほとんどしてないけど』

リルはわずかに自嘲しながら、今任せられているという仕事を語る。

『古今東西、世界各地で起きた《世界の危機》とそれを解決した《調律者》の活動を書物に記録するだけ。こんなの定年間際のパソコンも使えない名ばかり管理職がやる仕事じゃない？』

「特定の人を狙い撃ちで傷つける発言はやめろ」

とはいえ一応それも《連邦政府》なりの配慮なのだろうか。足が動かないリルにもできる仕事を、と――

「でも、きっとそれも大事な仕事のはずだ。世界になにが起きて、誰が救って、誰が救われたのか。そういう記録を後世に残すことは絶対に意味がある」

たとえば《巫女》は未来を予言するが、必ずしもそれが当たるとは限らない。むしろその最悪な未来を変えるために《調律者》は敵を倒し、危機を救う。そういう記録を……物語を残す人間は間違いなく必要だ。いつだって賢者は歴史に学ぶのだから。

『……ありがと』

リルの少し照れたような小声が耳に届く。

本音を言えば、顔が見えないのが残念だった。

「最近、親とはどうだ?」

魔法少女として生きていたリルは数年間、両親と連絡を取っていなかった。だが《暴食の魔人》との決着などがあり、故郷の北欧に戻ったのは半年ほど前のことだ。

『最近は会ってないわね。もう一人暮らしも始めたし』

「……おい、聞いてないぞ」

やはり定期連絡は必要かもしれない。

『子供じゃないんだもの。いつまでも親に甘えられないでしょ』

「それも、そうか」

さすがに今の仕事の詳細を家族に話すことはできないだろうが、リルが自立していることは間違いない。

『心配しなくても、別に親とも仲が悪いわけじゃないわよ? 前みたいにはならないように、たまには連絡してるし顔を合わせることもある。仲良しこよしってわけではないかもしれないけど……ただ、リルたちはまあ、そういう家族の形なの』

理想の家族像なんてそんなものは幻想だ、なんて。

家族を知らない俺がそんなことを言うとまるで酸っぱい葡萄《ぶどう》のようだが、リルの言葉には確かな実感が伴う。俺はそれを肯定も否定もしない。する権利もない。

……だからこそ。もし目の前にそういった理想を追い求めている人間がいた時、俺はなにか言葉を与えることはできるだろうか。母を、家族を、理想を追い続ける孤独のエージェントがいたとして、その時俺は……。

『君彦《きみひこ》？』

「ああ、悪い。もうすぐ着くみたいだ」

『はいはい、昔の女はもう用済みってことね』

「リル、お前もさては結構面倒臭いタイプの女だったか？」

俺たちは八千キロの距離を無視して笑い合う。

「また連絡する」

『ええ。三日後じゃなくても、一週間後でも、明日でも、今夜でも』

最後に不思議と心は軽くなって俺は電話を切った。

やがて車が止まり、俺は一人で降りる。

そこは郊外にある採石場跡だった。そう歩く間もなく現場が目に入る。曇り空の下、特撮ヒーローモノの撮影でもやっていそうなその場所には二つの人影があった。

紅色と黄金色。二つの影は風のように走り、交わり、ぶつかり合う。

端的に言えば、激しい肉弾戦が繰り広げられていた。だが目が慣れてくると、それが実践形式の訓練であることが分かる。

明らかに紅色は手を抜いていた。両者にはそれほどまでに力量の差があった。しかし、それでも黄金色はめげずに何度でも立ち上がる。変にぼかす必要もない。加瀬風靡《かせふうび》によるシャーロット・有坂《ありさか》・アンダーソンの訓練の様子を俺はしばらく見守った。

それから十五分後。一段落したところを見計らい、俺は彼女たちに近づいた。

「平気か、シャル」

「……アナタにしては気が利くのね」

差し出したペットボトルの水を、座り込んだまま受け取るシャル。黒い戦闘服を着た首筋には大粒の汗が滲《にじ》んでいた。

一方の風靡さんは立ったまま、涼しい顔で一服をする。

「まだまだだな」

「圧倒的に殺意が足りない。お前が大太刀やマシンガンを使おうと、アタシのナイフ一本にすら及ばない」

二人のこうした上下関係というか師弟関係は、シエスタが一度は死を迎えた時から始まった。シエスタは、自分を慕っていたシャルのその後を案じて、事前に同じ《調律者》である加瀬風靡に口利きをしていたのだ。その結果、良くも悪くもシャルが随分としごかれたらしいことは俺も知っている。

「シャーロット、いつになったらお前はアタシに追いつく？　もう二年は待ったが」

「っ、分かってるわよ。いつも同じこと言わないで」

シャルは風靡を恨みがましく見上げる。

「ワタシより十も年上だから年月とかに敏感になるのは分かるけど」

「おい、どういうつもりで最近お前たちは平気でアタシを揶揄《やゆ》する？」

なぜか俺が胸ぐらを掴《つか》まれた。理不尽だ。

「……フウビ。なぜアナタはそんなに強いの」

するとシャルが真面目な雰囲気に戻って訊《き》いた。

「ワタシだってこれまで相当努力してきた。近接戦闘も狙撃の技術も。でもやっぱりアナタには届く気がしない。今までの弟子もみんなそうだったんでしょ？」

どうやら加瀬風靡の弟子はシャル一人だけではなかったらしい。そしてその誰もが《暗殺者》のお眼鏡には適《かな》わなかった、と。

「さっき訓練を受けて改めて分かった。……アナタの動きは、やっぱりなにかおかしい。物理的にというか、時々、普通の人間が取れる反応速度を明らかに超えている。戦闘中のアナタには一体なにが見えてるの？」

加瀬風靡の異常な強さ。

それは俺もこれまで彼女の戦い様を見て実感していたつもりだ。でも俺とは違う戦闘のエキスパートであるシャルだからこそ、さらにその特異性を感じているようだった。

「昔のお前ではその違和感にすら気付けなかった。一応の成長か」

風靡《ふうび》さんが煙草《たばこ》の白い煙をフーッと長く吐き出した。

「だが特別なことは必要ない。これまで教えてきた通りだ。甘さを拭え、迷いを捨てろ。殺意を磨け、今この一瞬だけでも敵を上回ることだけを考えろ」

すべては《意志》による、と風靡さんは言う。

そういえば前、あのヤギ頭と戦っている時もそんなことを口にしていた。

「じゃあ、風靡さんは本当にその意志の力とやらだけでこれだけの強さになったと？」

「疑われようと実際その通りだからな。仕方ない」

そう俺に答えながら風靡さんはさらに続ける。

「それはこの世界のルールだ。強き決意で望んだ者に、望んだ力が与えられるようにできている。たとえばある日、ミア・ウィットロックに巫女《みこ》の力が宿ったことも、ブルーノ・ベルモンドが全知になったことも。それらはすべて《意志》が起因している」

どこか曖昧に聞こえる説明。だが普段、そういうグレーなことを決して言わない彼女が真剣に語っている。その意味が分からないほど、俺も馬鹿ではない。

「じゃあ、シエスタや夏凪《なつなぎ》が《名探偵》になったことも？」

「《名探偵》に関しては……いや、まあ似たようなものだ」

風靡さんは「言葉はなんでもいい」と続ける。

「意志という言葉が気に入らないなら、他に適切な言葉を探せ。これはお前たちにとってもこれから重要な意味を持つ話だ」

俺とシャルは顔を見合わせ、今はひとまずその話を頭の片隅に仕舞《しま》っておく。

人の意志が力を宿し、そして願いは実現する。

確かに聞こえはいい、だが同時に怖くもある。

そんな大いなる力は、適切な秤《はかり》によって調律されなければならないのかもしれない。

「それで、どうして俺をここに呼んだんです？」

話を本題に戻す。俺を呼び出したのは風靡さんだった。まさかシャルとの戦闘訓練を見せたかっただけではないはずだ。

「ああ。有坂梢《ありさかこずえ》の居場所が分かった」

煙草の火を消し、風靡さんが携帯端末を操作する。

間もなく俺のスマートフォンが振動し、メールを受信する。そこには地図が添付されていた。ここにシャルの母親がいるのか……。

「悪いわね。またアナタを付き合わせて」

先に話は聞いていたのだろう。シャルが硬い表情で言った。

「シャルが謝ることじゃない、俺が勝手に関わってるだけだ。それより風靡さんはどうやってこの場所を？」

「アタシの成果じゃない。巫女《みこ》の予言だ」

「ミアが？　でも、あいつが予言できるのは《世界の危機》にまつわることだけで……」

だとすれば、有坂梢《ありさかこずえ》が今後《世界の危機》に関わる？……いや、そうだ。彼女はあのアベルと接触していたという過去がある。ということは、つまり。

「有坂梢も持っているのか。《虚空暦録《アカシックレコード》》に至る地図を」

だから今回のミアの予言にも有坂梢の情報が加わったのか。

このままだとアベルに地図を奪われる、と。

「事が事だったからな。巫女の少女から先にアタシへ連絡が入った」

アベルを捕らえる使命を正式に担っているのは《暗殺者》の加瀬風靡《かせふうび》。ミアの判断は間違っていないだろう。大事なのは今、ここから俺たちがどう動くかだ。

「じゃあ、これから三人でそこへ向かうってことです？」

風靡さんの意図を察して俺は訊《き》く。

地図の回収を複数の人員で行うのはこれまでもやってきたことだ。

「いや、アタシはこれから欧州に飛ぶ。ちょっとばかり厄介な相手から地図を回収する必要があってな」

「わざわざ風靡さんが駆り出されるってことは、戦闘もあり得ると？」

「ああ。なんでも対象者は元《調律者》らしい。巫女の予言にはなかったが、ライアンが調べ上げた。アイツと二人は癪《しゃく》だが仕方ない」

なるほど。実際、ミアの予言は俺たちが知りたい情報をいつでもすべて提示できるわけではない。地道な調査によってのみ地図の在処《ありか》が判明することもあるだろう。

「あんたの強さなら心配はいらないと思うが、無事に帰ってきてください」

「ったく、わざと変なフラグを立てやがって」

俺の軽口に風靡さんは不愉快そうに顔を顰《しか》めた。

正直、最近その顔が癖になってきてるところはある……というのは内緒にしておこう。

「シャル、お前はそれでいいか？」

果たしてまた俺がお前に同行してもいいものか。

あるいはそれ以前に、シャル本人が有坂梢のもとへ行くつもりはあるのか。以前は会いに行くことを決めるのに二週間近く準備が必要だったが、今回は――

「――ええ、行くわ」

ここまで黙っていたシャルが、精悍《せいかん》な顔つきで口を開く。

エメラルド色の瞳は、曇天の空を射抜くように鋭かった。

「必ず有坂梢から地図を回収してみせる。それがワタシの使命で、ワタシの意志」

◆最愛の我が子

その後、《黒服》の運転する車に揺られること約三時間。有坂梢《ありさかこずえ》は今巨大な団地に辿《たど》り着《つ》いた俺とシャルは、何棟にも連なった建物を見やった。

「ここ、だな」

ここで暮らしているらしい。

陽《ひ》の落ちかけた午後五時過ぎ。薄暗い団地の敷地内を俺たちは歩く。

「緊張してるか？」

さっきから口数の少ないシャルに俺は尋ねた。

「全部そうやって言葉にするの、デリカシーないわよ」

……それもそうか。

だが今の返事で、彼女がどういう心持ちでいるかは分かってしまった。

「それでも前よりはマシね。今回は仕事として来てるから、躊躇《ためら》わないで済む」

確かに、前回はシャルの個人的な事情が強かった。でも今度ばかりは地図の回収が必須事項。シャルは仕事を途中で投げ出すような奴《やつ》ではない。

「シャル。お前の言う通り、なんでもかんでも言葉にすればいいってわけじゃない。でもこれだけは言わせておいてくれ」

リルとの電話やその時考えたことを思い出しながら、隣を歩くシャルに切り出す。

「お前が俺や夏凪《なつなぎ》を、あるいは斎川《さいかわ》やノーチェスのことをどう思ってるかは分からない。でも少なくとも、俺たちはお前を仲間だと思ってる」

仲間という言葉が気に入らないなら、他に適切な言葉を探してもらっても結構だ。

だけど、いずれにせよ。

「この先お前が誰とぶつかって、なにを迷って、どこへ行こうと、俺たちはずっとシャルの味方のつもりだ」

ここから先は、あくまでも俺の推測だ。

シャーロットは、ずっと拠《よ》り所《どころ》を探していたのではないだろうか。

軍人だった両親とは普通の親子関係が結べず、親元を離れてからは様々な組織を渡り歩いたという。そんな中シエスタという初めて師と仰げる相手に出会うものの、シエスタの死によってその仲は切り裂かれた。そして今度は加瀬風靡《かせふうび》のもとに辿り着き、ひたすら使命を果たす日々に明け暮れた。

つまりシャルはずっと誰かの後ろを歩く権利を探していたのではないだろうか。

彼女にとっては家族が寄る辺にならなかった。だったらせめて夏凪や斎川やノーチェスはその代わりになれないだろうか。俺じゃなくてもいい。シャルが信頼を置ける仲間が、彼女にとっての拠《よ》り所《どころ》になれば――

しかし返事がなく気になって振り返ると、シャルはどこか驚いたような顔をして立ち止まっていた。さすがに一人で突っ走り過ぎたか。

「悪い、出しゃばったな」

「そのすぐ謝る癖、マーム仕込みでしょ」

シャルはそう言いながらも表情を緩めると、

「アナタってもしかして結構いい人だった？」

軽い足取りで追いつき、そして追い越していく。

「なんだ、今まで知らなかったのか？」

「一瞬で調子に乗り始めたわね。好感度マイナス二十点」

「元は何点だったんだよ」

「さあ。これまでの人生でアナタのことを考えた時間は一秒もなかったから」

「……やっぱ俺たちの不仲の原因、１００％お前側にないか？」

するとシャルは振り返ってニッとはにかむ。

「仕方ないわね、これから毎日三秒ぐらいはアナタのことを考えてあげる」

たった三秒とは理不尽だ、と言おうとして。少しでもシャルの緊張がほぐれたのであれば、今はそれでいいかと思い直した。

そうして俺たちは一番北側の棟に辿《たど》り着《つ》き、三階一番奥のドアの前に立つ——ここが有《あり》坂梢《さかこずえ》の部屋だった。チャイムを目の前にシャルは大きく息を吸い、大きく吐き出す。

数秒の沈黙があった。

「俺が鳴らすか？」

「いえ、大丈夫」

シャルは人差し指でチャイムを押した。返事はない。

間を置いて二回目——返事はない。

三回目——しばらくして微《かす》かに物音が聞こえた。

四回目を鳴らす前に、錆《さ》びたドアはゆっくりと開いた。

「…………」

玄関先には、やつれた一人の女性が立っていた。よれた服を着ており、化粧はしていない。ショートカットの髪の毛は、くすんだ金色だった。

「お久しぶりです」

シャルが口を開いた。

「分かりますか？　シャーロットです」

やつれた女性の——有坂梢の虚《うつ》ろだった目が僅かに見開かれる。彼女は気付いた。今、目の前に立っているのは我が娘であると。

「今年で十九になります」

具体的に何年ぶりの再会なのか、最後にどのような別れ方をしたのか。それを俺は聞いてはいない。だが少なくとも、娘が自分の年齢を言わなければならないほど、繋《つな》がりの薄い親子関係だったことは間違いなかった。

そんな再会に際して、母親である有坂梢《ありさかこずえ》はなにを言うのか。第三者である俺は、黙って待つことしかできなかった。

「──なにを、しに来たの」

冷たい、声だった。少なくとも久しぶりに再会した娘にかける言葉ではない。

思わず隣を横目で見る。

シャルは表情一つ変えていなかった。

「訊《き》きたいことがあって来ました」

シャルは、今だけは個人的な思いを押し殺して仕事を果たす。

「《虚空暦録《アカシックレコード》》に至る地図を、アナタはまだ所持していますか？」

次の瞬間、有坂梢の様子が一変した。

「知らない！　知らない、知らない、知らない！　そんなもの知るはずがない……！」

エメラルド色の目を見張り、頭を抱えるようにして絶叫する。

「なんでよ！　今度はシャーロット、あなたが！　なんで、なんで！　どうして！　あなたも私を苦しめるつもりなの！　どうしてあなたまでアレを奪いに来るの！」

明らかに普通じゃない。なにが彼女をこうさせるのか。

だがそれを考える前に有坂梢が動く。彼女の腕がシャルの首に向かって伸びていた。

「そこまでだ」

俺は有坂梢の手首を掴《つか》む。その腕は元軍人とは思えないほどに細くなっていた。

「キミヅカ」

シャルは俺を見て、小さく首を振った。

淋《さび》しそうな微笑を浮かべて。後はワタシが引き受けるから大丈夫だ、と。

「ああ、でも、そうね。ええ、いいわ」

すると有坂梢は下を向いてぶつぶつと呟《つぶや》いた後、視線をシャルに移した。

「そんなにあの地図が欲しいなら、あなたにあげるわ。シャーロット」

「……！　本当、に？」

シャルが訊くと、有坂梢は初めて笑った。

「その代わり、あの子を連れて来てよ」

「あの子？」

シャルは顔を顰《しか》め、やがてその意図に気付くと目を剥《む》いた。

「ええ、ノアを連れて来て」

一瞬で空気が凍るのが分かった。

「ねえ、いいでしょう？　例の地図を仕舞《しま》っている金庫の鍵は先に渡すわ。だから、その後であの子を。ノアを、ねえ」

有坂梢《ありさかこずえ》はシャルの両肩を掴《つか》んで揺らす。

「いいでしょう？　できるでしょう？　あなたはあの子のお姉《ねえ》ちゃんなんだから、連れて来られるでしょう？　ねえ、ねえ！」

「……っ！」

シャルの唇は震えていた。

その様子を見れば分かる。有坂梢はシャルが決して実現することのできない提案をしている。つまり有坂梢の言うノアという人物は、もう――

「――分かりました」

だが、俺が再び割って入る前にシャルは言った。

「ノアを連れて来ます。だから、地図を保管している場所を教えてください」

再び《黒服》の車に乗って移動した俺とシャルは、とある地下施設を訪れていた。

封鎖されたトンネルをしばらく歩き、さらに地下へ続く梯子《はしご》を降りた先に広がっていたその場所こそ、有坂梢のかつての潜伏先。昔、彼女がエージェントだった頃に日本で活動する際の秘密基地のような場所だったらしい。

壁には古びた地図や人物の写真が貼られ、そこら中にパソコンなどの電子機器が置かれたままになっている。ロッカーを開けると当然のように銃器や弾丸が見つかり、ここが相当イリーガルな場であったことが窺《うかが》える。

そうして基地の捜索を続けているとやがて、誰もに忘れ去られたように埃《ほこり》を被《かぶ》った金庫を見つけた。

「あった。多分これね」

シャルは先ほど有坂梢から受け取った鍵を取り出しながら金庫を見つめる。

この中に、《虚空暦録《アカシックレコード》》へ至る地図の一部が入っている。俺は無事目的を果たせたことを、風靡《ふうび》さんや夏凪《なつなぎ》にメールで伝えた。

スマートフォンから顔を上げると、シャルは金庫の前で座り込んでいた。

鍵はまだ開けていないらしい。恐らく一気に緊張が解けたのだろう。だが慌てることもない。俺は二人分ほどの間隔を開けて、床に胡座《あぐら》をかいた。

「なんでわざわざ間を開けて座るのよ」

「この前は逆の理由で叱られた気がするんだが？」

「今は別に、いい」

薄暗い地下施設は外の雑音一つ聞こえない。

数分後、沈黙を破ったのはシャルだった。

「嘘《うそ》、ついちゃった。ノアを連れて来るって」

それは先ほどの有坂梢《ありさかこずえ》との約束の話だった。

「ノアっていうのは、シャルの弟の名前なんだよな？」

前に少しだけ聞いたその話。シャルの弟は生まれつき病気がちだったと。

「ええ。ワタシの弟で、有坂梢にとって一番大切な存在。でもノアはもういない。七年前に天国へ行ったから」

「……やっぱり、そうだったか」

「病気が悪化してね。有坂梢はその時、海外にいて……急いで帰国したけど、間に合わなかった。相当ショックを受けて、数日間ご飯も食べなくて、眠りもしなくて、ただ泣き続けていた。ワタシはそんな母親を少し離れて見守ることしかできなかった」

膝を抱えたシャルは当時のことを回想する。

「彼女はワタシになにも言わなかった。いっそ、叱られたかった。『あなたがノアの代わりになればよかったのに』とか。よくあるでしょ？　そういう理不尽な怒りをぶつけられる話。でも、なんにも、叱られたかったのに、一言もなかった」

ワタシは天井を見上げた。

「有坂梢とはそれっきり。いつの間にか家を出て行って連絡も取れなくなった。父親は元々ワタシたち家族と距離を置いていたから、それでワタシの家族はおしまい。両親の関係者を名乗る組織の人間に引き取られて、ワタシのエージェントとしての人生は始まった」

それが、俺もハッキリとは知らなかった彼女の生い立ちだった。

だから、シャーロット・有坂・アンダーソンは使命のためだけに生きるようになったのだ。それ以外、生きていく指標がなかったから。

「有坂梢は、今も七年前に囚《とら》われたままなんだな」

「ええ。あの姿を見たくなくて、ワタシは有坂梢に会えなかったんだと思う」

一時間ほど前に対面した、あのやつれた姿を思い出す。

有坂梢は果たして、息子が亡くなったことを理解できているのか。それも分からなくなるほど精神的に追い詰められているのか。……ハッキリ言ってあれは普通じゃなかった。なにか他に理由があるのではないかと思えるほどに。

「最低ね、ワタシ。有坂梢を騙《だま》して、ノアを連れて来るだなんて嘯《うそぶ》いて、目的の地図だけ回収しようとした。これがワタシの使命だからって言い訳をして」

結局ワタシは昔のまま、とシャルは自嘲する。

彼女は昔シエスタの指示を受けたノーチェスによって「使命」という呪縛から解放された。でもまたシャルは今そこに回帰しようとしていて、その事実を自覚し迷っていた。

「どう、なんだろうな。俺は……どうやってもそこに戻ってくるんだったら、無理にそれを否定する必要もない気はする」

まとまらない言葉をそれでも紡いでいると、膝を抱えていたシャルが僅かに反応した。

「使命に生きることこそ自分の生き方なんだって、何度も迷ってその結論に行き着くんだったら、それでもいい。大事なのは一度立ち止まって考えることなんだと俺は思う」

シエスタだって、そのつもりだったのではないだろうか。重要なのは、こう生きなければならないという強迫じみた観念ではなく、こう生きたいと願う――その意志。

それが結果として最初の答えと同じだったとしても、それは間違いじゃない。遠回りしてでも確かに自分の手で選び取ったルートのはずだ。

「本当に？」

シャルが顔を上げた。けれどその瞳は不安に揺れている。

「亡くなった弟をダシにして、母親を裏切ってまで使命を優先する。そういうことをするワタシを、アナタたちは仲間として受け入れてくれる？」

「っ、ちょっと待て。シャル」

「昔だってワタシは使命のためにユイを手にかけようとした。また使命のためだけに生きることを選んだら、きっとワタシは……！」

過去の己の過ちを引き合いに、切々と叫ぶシャル。

彼女は恐れていた。自分の意志で自分の生き方を決められたとして、その理想が誰に理解されるものでもなかったとしたらどうするのか。

「シャル、それは……」

すぐに考えはまとまらない。でもなにか言葉をかけなければ。今のシャルには言葉が必要だ。夏凪《なつなぎ》がいない今、代わりに俺が言えることはなんだ──

「──ああ、可哀想《かわいそう》に。君は昔からずっと、理想のために頑張ってきたというのに」

誰かの声がした。

俺とシャルは立ち上がり、辺りを警戒する。

「でも僕だけは君の努力を知っている。君の理想を知っている。そして、君を今苦しめているものの正体を知っている」

部屋の中央に移動した俺とシャルは、背を合わせて銃を腰から引き抜く。この基地で見つけ、拝借していたものだった。

「有坂梢《ありさかこずえ》さえいなければ。彼女さえいなければ、君はもう迷うことはない。──どうだろう？　僕が君の苦しみを取り払う手助けをするというのは」

瞬《まばた》きをしたほんの一瞬。そいつはシャルの目の前に立っていた。

シルクハットを被《かぶ》ったスーツ姿の男。その顔面は包帯でぐるぐる巻きにされている。

「君の理想を邪魔する枷《かせ》を、君自身が破壊するための術《すべ》を僕は持っている」

男がシャルに手を差し出した。

俺はそれを見て――いや、それを見た時にはすでに、男の死角に回り込んでいた。

直感が。全身の細胞が叫んでいた。

こいつに容赦はいらない。俺は躊躇《ためら》わずそいつの頭部に発砲した。

「シャーロット・有坂《ありさか》・アンダーソン。君に《殺戮《さつりく》のコード》を授けよう」

銃弾は当たらなかった。

避《よ》けられた、というよりは。まるで瞬間移動をされたように。俺が発砲した時にはすでに、包帯の男はまったく離れた場所にいた。

「シャル！」

ブロンド髪のエージェントは、呆然《ぼうぜん》と目を見開いたまま立《た》ち竦《すく》んでいる。

まさか、もうシャルは――

「――ッ！　アベル！」

俺は敵の名を叫ぶ。アベル・A・シェーンベルク。

世界最悪の犯罪者は今ここに現れた。

◆悪の種子

「シャル、しっかりしろ！」

ふっとシャルが意識を失ったように倒れ込み、俺は慌てて身体《からだ》を支える。

「っ、大丈夫だ。後は任せろ」

俺はシャルをその場に寝かせ、金庫の鍵をそっと預かる。

そして立ち上がり、包帯で顔を覆った敵に訊《き》いた。

「お前、《怪盗》か？」

「その通りだよ」

核心をつかれた様子もなく。敵は淡々と真名を口にする。

「僕の名はアベル・A《アルセーヌ》・シェーンベルク。十二人の《調律者》の一人、《怪盗》だ」

ああ、ようやく会えた。一年ぶりか。

シエスタと共に対峙《たいじ》した時は元《革命家》フリッツ・スチュワートに成り代わっていたが……今回も素顔を晒《さら》すつもりはないらしい。

「アルセーヌ、いや、アベル。お前、シャルに一体なにをした？」

なにも見えなかった。だが確実にアベルの手がシャルを蝕《むしば》んだ。《殺戮《さつりく》のコード》を授けると、奴《やつ》は言った。

「僕はなにもしていないよ。これからなにか行動を起こすとしたらその子の方だ」

「……シャルが有坂梢《ありさかこずえ》を殺すと？　お前の言う《殺戮のコード》に操られて」

アベルの企てたネバーランド計画。

それに巻き込まれるのはいつも家庭内で不和を抱える親子だった。また最近はそれを隠《かく》れ蓑《みの》にするように《虚空暦録《アカシックレコード》》へ至る地図を所持する者が殺されていた。――有坂梢とその娘シャーロットはまさにその例に合致する。

「僕はその子の背中を押そうとしただけだよ。心の奥底で実は母親を憎んでいるその小さな種に火をつけた。困っている人に手を貸した。探偵助手の君と同じ仕事だ」

「黙れ……！」

俺は再び発砲しようとして、しかし指先を止める。

この男にはまだ訊《き》いておくべきことがあった。

「答えろ。そもそもネバーランド計画とはなんだ？　なぜ子供に親を殺させる？」

「僕はこの過ちだらけの世界をより善い世界へと反転させたいんだ」

アベルは間を置かずに切り返した。

「戦争、暴力、貧困。人類が見過ごしてきたあらゆる罪――今更そのすべてを贖《あがな》うことはできない。でもせめて僕は、そんな世界を肯定してきた者たちを裁く。ネバーランド計画によって死んだ者も皆その該当者だ」

脳が理解を拒む。だが数メートル向こう、アベルはその場をコツコツと歩きながら淡々と己の理想を語る。

「そうやって僕は徐々にこの世界を反転させていく。この世から悪を消滅させる実験をこれからも続けていく」

約一年前、シエスタと共に対面した時こいつは言っていた。自分の能力を使って、他者に無意味な犯罪命令を聞かせる実験をやっていると。だが、その真意は――

「っ、どうやってお前が人の罪を決める？　それに、なぜ無関係の人まで巻き込む？」

「なにを言っている？　罪のない人類などいない」

全身を凍えさせるような冷たい声だった。

「でも、やはりそんな実験も毎回上手《うま》くいくわけではなくてね。どうやらその子は、僕の《暗号》を完全に受け入れたわけではなさそうだ」

元の声に戻ったアベルが包帯の頭部をこちらに向ける。

奴《やつ》が見ているのは意識を失っているシャルだろう。今、シャルは無意識の中でアベルの《殺戮《さつりく》のコード》と戦っているのか？

「もう一つ聞かせろ。《虚空暦録《アカシックレコード》》についてだ」

大きな疑問はまだ残っている。

なぜアベルは《虚空暦録》へ至る地図を回収しようとしているのか。

「そもそも、だ。アベル、お前はアカシックレコードの正体を知っているのか？」

数秒の沈黙があった。

「君には僕の計画を理解してほしい。だから少しだけ語ろう。アカシックレコードとは少なくとも、大量破壊兵器の設計図や世界各国の機密情報などではない。そんな生優しいものではない、いいや、いいや」

だが、とアベルは続ける。

「少なくともこれが白日のもとに晒《さら》されれば、この世界がひっくり返ることは間違いない。僕はそれが見たいんだ」

ああ、そうか。中身は分からずとも、アベルの目的だけはハッキリした。万物の現象、因果を反転させるため。奴は《怪盗》としてアカシックレコードを盗み出すのだ。

「君はそれを知ってどうする？」

「もちろん止める」

俺は今度こそ発砲した。だが銃弾は虚空を切る。

アベルは気配もなく数メートル先に移動していた。

「瞬間移動じゃないなら、スカーレットと同じ仕組みか？」

あの翼のような《発明品》でも用いているのか。あるいは……。

「なぜ君が僕を止める？」

気付けばアベルは背後に迫っていた。慌てて発砲するも当たらない。

なんだ？　俺はこいつになにをされている？

「理由だよ。なぜ君は僕の前に立ちはだかる？」

するとアベルはまた離れた場所に出現し、俺に問う。

「《調律者》でもない君がどうして僕の計画の邪魔をする？」

「っ、それは俺のセリフだ。なぜ《調律者》のお前が世界の反転を企《たくら》む？」

正義の味方であったはずのお前が、なぜ。

「正義が悪を為《な》す例であれば、君はすでに知っているはずだよ」

アベルは不気味なほどに柔らかい声音で言う。

「君たちが解決したばかりの《吸血鬼の反乱》を思い出してみてほしい。あれは一体どういう事件だった？　どんな《世界の危機》だった？」

「それは……」

本来、正義側だったはずのスカーレットが己の望みのために《不死者》の大群を率いて《連邦政府》に叛逆《はんぎゃく》を起こした。悪に、堕《お》ちた。

「僕らが《調律者》と呼ばれる理由はそこにあるんだ。僕たち十二人も時に正義と悪に分けられ、バランスが保たれる。調律される。世界が平和に偏り始めた時、《調律者》の一部は悪に堕ちる」

世界はそういう仕組みになっている、と。アベルは穏やかに言った。

「君と馴染《なじ》みの深い《名探偵》も本来そうなるはずだった。心当たりはあるだろう？」

今から約一年前、シードを倒した後。心臓に巣喰《すく》う《種》が芽吹いて、シエスタは怪物に堕ちるはずだった。それを見越したシエスタは自ら消えようとしていて、それを俺たちが救って今に至る。だが、それも本来であれば……。

「そうか。《調律者》は皆、いつか《世界の敵》になるのか」

それがこの世界に定められた、絶対普遍のルール。

「《連邦政府》もその事実は理解している。ゆえにあの全知の王たるブルーノ・ベルモンドであろうと、いずれは巨悪としてこの世界に君臨するだろう」

そんな、馬鹿な。じゃあ夏凪《なつなぎ》も、ミアも、リルもいつかは？

「あり得ない」

そんなことにはさせない。この俺が。《特異点》という役目を負った俺が。

「…………！」

その時、寒気が走った。

包帯を巻いていて顔が見えないはずのアベルが、確かに笑った気がした。

「やはり君は僕と同じだ」

なにが同じだ。

「君は僕と同じく、この世界の外側に定義された存在だ」

もういい。こいつの話を聞きたくない。アベルは俺がここで止める。

当たれ、と願い放たれた銃弾は、アベルの左肩を撃ち抜いた。

「なるほど、そうか」

傷跡に手を翳《かざ》したアベルがなにか呟《つぶや》く。

「これが《特異点》のプログラムか」

「……お前はなにを言っている」

するとその時、バタバタと幾つかの足音が鳴った。

「君塚《きみづか》！」

走ってきたのは夏凪だった。

地図の回収にあたって連絡をしていたおかげで来てくれたのだろう。この現場を見て、なにかを察したように目を丸くする。

そして、さらにもう一人。

「――アベル！」

同じくすべてを察した人間がアベルに向かって疾駆する。

手には巨大な鎌。《執行人》大神《おおかみ》だった。

「お前が《七大罪の魔人》を生んだのなら、俺はこの鎌で貴様を裁く！」

旧友の仇《かたき》を取らんと、大神は大鎌を振るう。

「アベル・A・シェーンベルク。あ、あ、あんたはそこから、一歩も動けない、い！」

さらに夏凪《なつなぎ》の《言霊《ことだま》》が発動。

アベルは、大神が振りかぶった武器の前に立ち尽くす。

勝負は次の一瞬で決した。

「……ッ！」

倒れ込んだのは大神の方だった。

これまで無数の悪を屠《ほふ》ってきた鎌は、彼の手から零《こぼ》れ落ちている。それも当然だ。今、大神の右腕は肩の辺りから切断されていた。

「大神……！」

手段は分からない。しかし誰がそれをやったのかは明白だ。

そしてその犯人は、気付けば俺のすぐ目の前に立っていた。

「すでに取り除かれてはいるようだが、君の体内には悪の種子の名残がある。未回収の物語をここで拾い、破綻なきプログラムを仕上げよう」

動けない。黒い手套を嵌《は》めたアベルの右手が俺の顔に翳《かざ》された。

「君には《喪失のコード》を授ける」

目の前が突如、暗闇で満たされる。それに伴って急速に視覚が、聴覚が、嗅覚が……五感が失われていく。恐らく今、俺は立っていない。だが足から崩れ落ちた感覚も、コンクリートに身体《からだ》をぶつけた痛みも感じない。

「…………だめ、だ」

自分が発したはずの言葉は聞こえない。

それでも、このままではいけないという意識だけはまだ辛うじて残っている。俺は知っている。これと同じ状況が昔あったことを、その後悔を覚えている。

「……この、ままだと。夏凪、が……」

仲間が倒れ、俺も意識を失い、一人残った探偵が……夏凪が巨悪に立ち向かうその光景。

あの日と同じだ。

シードに一人立ち向かった夏凪はあの時も死力を尽くして戦い、その結果は──

「――大丈夫」

闇の中に、一瞬赤い光が見えた気がした。

「大丈夫だから」

声は聞こえない。

でも、夏凪《なつなぎ》がなにか俺に言葉を残してくれているような気がした。

「約束は守る。大事なものはなに一つ奪わせない」

誇り高き名探偵の《意志》を最後に感じて、俺は深い眠りに堕《お》ちた。

◇エージェントの慟哭

ふと起き上がって辺りを見渡すと、懐かしい光景が広がっていた。

「ここは、ワタシの部屋？」

でも今一人暮らしをしている家ではない。昔、子供の頃に住んでいた家だ。この小さなベッドも天井の照明も覚えている。なぜワタシはこんなところにいるのか。

記憶が定かじゃない。なんでパジャマを着てるんだろう。ここで寝ていた？　ここに来るまでワタシはなにをやっていたんだっけ？

「探さなくちゃ」

なにを、誰を？　分からない。でも探さなくちゃならない。

部屋を飛び出して、階段を降りて、二階建ての家を歩き回る。しん、とした家の中。誰もいない？　そんなはずはない。だってあの子は、自分一人じゃ外にはいけない。

「そうだ、ノアはどこ」

あの子の部屋は確か……。

もう一度階段を上り直して「ノア！」と叫び、さっきの隣の部屋のドアを開ける。でもそこには、空っぽのベッドが一台置いてあるだけだった。

「ノアがいない。ねえ、ノアがいないの！」

ワタシはそう叫びながら家の中を探し回る。

心の中でだけ「お母さん！」と呼びながら、家中のドアを開ける。

こんなに何枚もドアはあった？　こんなに階段は長かった？　なにかおかしい。そう思いながらも、一際大きな部屋の前に辿《たど》り着《つ》く。

「──なんで」

ドアを開けると、白い部屋の真ん中で有坂梢《ありさかこずえ》が血まみれになって倒れていた。

おかしい。こんなのおかしい。なんで。なんで、なんで、なんで！

「誰がこんなことを！」

叫んだワタシの右手には、血のついた包丁が握られていた。

ううん、違う。そんなはずがない。違うわ。違う、違う、違う！

「ワタシはやってない！　こんなこと望んでなんかない！」

からん、と手から零《こぼ》れ落ちた包丁が音を立てる。

これはワタシの願いじゃない。意志じゃない。ワタシは有坂梢《ありさかこずえ》を憎んでなんかいない。

「ただワタシは、アナタを……！」

そこまで叫んで、目覚めた。

滝のような汗をかいたワタシは、病院のベッドにいた。

――さっきのは、夢？

両手を握っては開いてみる。当然そこに刃物はない。ワタシは有坂梢を殺していない。

その事実に震えるほど安堵《あんど》して、でも直後、あの出来事に思い至る。

「アベル」

そうだ。キミヅカと二人で有坂梢に会いに行って、その後、地図の回収に向かった先でアベルが襲来した。そしてワタシは《殺戮《さつりく》のコード》を付与されて気を失って……。

「あれから、どうなったの？」

ベッド近くの棚に置いてあった電子カレンダー。あの日から二日経《た》っている。知らない間に、なにかが始まって終わっている。

キミヅカはどうなった？　ワタシが意識を失ってから彼は、まさか一人でアベルに挑んだ？　――敵《かな》うはずがない。

「っ、どこにいるのよ」

腕に刺さっていた点滴の針を引き抜いて、ワタシは病室を飛び出す。身体《からだ》は重い。でもそんなことを言っている場合じゃない。キミヅカを、探さないと。

廊下に出て周囲を見渡す。人の気配はない。けれどこの光景に見覚えはあった。ワタシは何度もここに来たことがある――マームのお見舞いに。だったら、もしかすると。

「夢でも現実でも人を探してばかりね」

ワタシは手すりに掴《つか》まりながら廊下を歩き、階段を上り、やがて三階一番奥の病室に辿《たど》り着《つ》く。そしてドアを開けた先、窓際のベッドに彼はいた。

「……なによ。心配、させないでよ」

キミヅカはベッドに腰掛けて、窓の外を眺めているようだった。

身体から力が抜けるような思いをしながら、ベッドに近づく。そして外の景色を見つめているキミヅカの顔を見た。まるで、人形のようだった。

「キミ、ヅカ？」

表情がない。窓の外を見ているようで、見ていない。瞳の色というか顔色というか、正気というものがまったく感じられない。

「ちょ、ちょっと。ねえ、どうしたのよ」

思わずキミヅカの身体《からだ》を揺らす。

反応はない。ワタシの声も、存在も、なにも感知していないかのようだった。

「なによ、これ」

ここにいるのは誰？　これも夢？　……いえ、違う。今度こそこれは現実。

じゃあ一体、キミヅカの身になにが起きて……。

「シャル！」

ワタシの名を呼ぶ声が聞こえた。

病室のドアが開いている。そこには一人の少女の姿があった。

「ナギサ？」

黒髪の探偵の女の子。赤い瞳を丸くして、息を切らせてワタシのもとにやって来る。そして思いっきり抱き締められた。

「……くるしい」

「うるさいっ！」

……ええ、と内心困惑しながらそのまま待つ。ナギサは洟《はな》をすすっていた。

「ワタシたち、そこまで仲よかった？」

こんなに心配して泣いてくれるぐらい。

「正直、自分でも驚いてる。あたし、思ってたよりシャルのことが好きだったみたい」

やっと腕を放してくれたナギサは、ワタシを見てようやく少し微笑《ほほえ》んだ。

「シャル、無事でよかった」

「ええ、おかげさまで」

だけど、無事じゃない人間がここに一人いる。

「ナギサ、なにがあったのか教えてくれる？」

訊《き》くとナギサは表情を曇らせ、逡巡《しゅんじゅん》しながらキミヅカの容態を口にする。

「シャルも話しかけて分かったと思うけど、なにも反応がないの。なにも見てないし、なにも聞いてない。喋《しゃべ》ってもくれない。まるで五感すべてを喪失したみたいに」

そんな話をしている傍《そば》でも、キミヅカは無表情で座っているだけだった。

昔、彼は《SPES《スペース》》の幹部であるカメレオンの《種》を摂取したことがあった。《種》は摂取した人間にほぼ必ず副作用をもたらすとされていて、キミヅカ自身もいつかその代償を払う覚悟をしていた。もしかすると、これは──

「必ずしも《種》だけが原因じゃないみたい」

ワタシの考えに気付いたのか、ナギサは説明を続ける。

「ドラクマっていう医師に診てもらったんだけど、君塚《きみづか》の体内には《種》の名残があっただけで、それがここまでの症状を引き起こすとは思えないって。もし可能性があるとすれば、その《種》の痕跡を誰かが無理やり広げた——」

「——まさかアベルの《暗号《コード》》が？」

ワタシが訊《き》くとナギサは硬い表情で頷《うなず》いた。

「あの日、あたしと大神《おおかみ》さんも現場に行ったの。でもその時にはもうシャルは気を失っていて、君塚《きみづか》が一人でアベルと対峙《たいじ》している状況だった」

そうしてナギサは、ワタシの知らない舞台裏を語ってくれた。

キミヅカがアベルを撃ったこと。ナギサと執行人も協力してアベルに追い討ちをかけたこと。でも執行人が重傷を負い、キミヅカもアベルのコードによって意識を失ったこと。

「それからあたしは一人でアベルと対面することになった。……戦闘も覚悟した。でも、アベルはあたしと戦おうとはしなくて、すぐに消えたの。扉の向こうに」

「扉？」

「うん、突然現れた扉。アベルがそこに入った瞬間、扉も消えちゃった」

……あの正体不明の敵なら、そういうことをしでかしても不思議ではない。

話を聞く限り、アベルを倒せたわけではない。一定の目的は達成したがゆえに立ち去ったのか、あるいは一時引かざるを得ないような状況だったのか。

でも、もしもアベルがもうワタシたちのもとに現れないとすれば、それは困る。ワタシたちは奴《やつ》に聞き出さなければいけない。キミヅカを元に戻す方法を。

「張り合い、ないわね」

変わらず窓の外を茫然《ぼうぜん》と眺めているキミヅカに、つい文句が漏れる。

「いつもの自分を忘れた？　ワタシがなにを言っても言い返してきてたでしょ。こっちが手を出したらアナタもやり返してくる。男女平等だとかなんだとか言って」

どうせレディファーストって言葉も知らないんでしょ、アナタは。

「いつもワタシのことをバカにして。不仲の原因もワタシに押し付けて。知ってるわよ。どうせワタシのこと、嫌いだったんでしょ」

だったらお互い様よ。ワタシだって初めて会った時から……ううん、会う前からアナタのことなんて大嫌いだったもの。

「シャル……」

ナギサがワタシの背中にそっと手を添えた。

「そうよ、それでいいじゃない。お互い嫌い合ってても」

マームのために仲の良いフリをすることはあっても、そんなのポーズに過ぎなくて。どうやっても分かり合えない相手は確かにいる。それがワタシとアナタでしょ？

「なのに、どうしてよ」

つい最近の彼の言動が脳裏を過《よ》ぎる。

「たまに妙な気を遣ったり、欲しい言葉をくれたり、サンドウィッチを食べてくれたり」

本当に。一体なんなのよ、アナタは。

「ワタシのこと、嫌いなんでしょ？　だったら掻《か》き乱《みだ》さないでよ」

嫌いなままでいさせなさいよ。

「返事、してよ」

思わず彼の襟元を掴《つか》む。

ワタシの大嫌いな青年は、なにも答えてはくれなかった。

◇ここから先の物語は

君塚《きみづか》の病室でシャルと別れてから、あたしは病院の屋上に来ていた。以前、《吸血鬼》スカーレットが暴れ回ったこの場所も、今はもう綺麗《きれい》に整備されている。

「ここにいたんだ」

そんな屋上で、あたしは探していた人物を見つけた。

「探しましたよ。大神《おおかみ》さん」

あたしの助手代行でありながら、今は《調律者》の一人に数えられる《執行人》。

病院着を身につけた彼は、屋上の縁で外を眺めていた。

「見舞う相手が多くてあなたも大変ですね、名探偵」

大神《おおかみ》さんは普段通りの皮肉っぽい口調で振り返る。

そんな彼の様子に少しだけ安心し、でも、どうしたっていつもと違う部分が目に入る。

包帯が巻かれた大神さんの右肩、その先に腕はなかった。

「敵は《怪盗》、俺の腕を盗むことぐらい造作もなかったらしい」

彼の腕を奪ったのは《怪盗》アベル・A《アルセーヌ》・シェーンベルク。手段は分からない。けれど敵が人知を超えた力を持っていることは確かだった。

「ドラクマは、なんて？」

「少なくとも切断された腕を繋《つな》ぎ合わせることは不可能だそうです。よって《発明家》スティーブン医師が義手を提供してくれるのを待つのが得策だ、と」

……そっか。今、スティーブンはシエスタの手術と治療にかかりきりになっている。それが落ち着くまで大神さんの右腕は……。

「申し訳ありません」

すると、なぜか大神さんはあたしに頭を下げた。

「俺はあなたの右腕にはなれなくなってしまった」

「っ、そんなことは」

あたしは首を振る。

「それに大神さんはもう、助手代行なんかじゃない。《執行人》っていう立派な正義の味方の一人でしょ？」

昔あたしが探偵代行を卒業して、《名探偵》になったように。

「なるほど。その考えはありませんでした」

大神さんは意外そうに少しだけ目を見張ると、

「まあ、俺としてはあなたの助手をするのも気に入ってはいたんですが」

思いがけないことを言って、わずかに微笑《ほほえ》んでくれた。

「大神さん。そうやって年下の女の子をたぶらかすの、よくないですよ」

「これは失礼しました。しかし今さらあなたが俺に靡《なび》くことはないでしょう」

あなたには心に決めた人がいる、と大神さんは言う。

「……だ、誰のこと？」

そう訊《き》くと大神さんはいつもの表情で「さあ」と惚《とぼ》ける。

「ただ、俺はあなた方を見守ってますよ。それが俺の役目なので」

「見守ることが役目……？」

それはどういうことなのか。

けど大神さんは答えず、あたしの背後を見るように目を細めた。

「どうやらもう一人、あなたに謝罪をしたい人物がいるらしい」

振り返ると、そこにはスーツ姿の女性が立っていた。

彼女はあたしを真っ直《ます》ぐに見つめ、口を開いた。

「肝心な時に現場にいられなかった己を恥じている」

《暗殺者》加瀬風靡《かせふうび》。普段ほとんど自分の失敗や過ちを口にしない彼女も、今はあたしに痛恨の表情を見せていた。

「ううん、あなたが謝ることじゃない。アベルのあの唐突な襲来は《巫女《みこ》》にも予言できないことだった」

だからと言ってもちろんミアが悪いという話でもない。未来予知の能力は古来不安定なもの。それでもミアはこれまでネバーランド計画を止めるのに、十二分に寄与してくれていた。

「それにあなたも、地図の回収のために欧州にいたんでしょ？　だったら仕方ない」

「……ああ。それでも、悪かった」

いつになく歯切れ悪く風靡さんは目を逸《そ》らす。

君塚《きみづか》や大神《おおかみ》さんの現状を知っている以上、自分に責任がないと割り切ることはできないのだろうと思う。なにより、アベルを捕らえることは《暗殺者》の使命だったから。

「それで、ライアン・ホワイトは今どこに？」

大神さんが尋ねる。

　ここ数日は、風靡さんと一緒に行動していたと聞いていたけれど。

「アベル襲来の一報を聞いて姿を消した。『これまでの助力を感謝する』なんて置き手紙だけを残してな」

「それって、まさか？」

「一人で片をつけるつもりなんだろう。恐らくは、回収した地図のデータを餌にアベルを誘《おび》き出《だ》す——その先でどんな交渉をするつもりなのかは分からないが」

　風靡さんは苛立《いらだ》つように煙草《たばこ》を取り出そうとして、その手を止めた。

「アベルの強さを目の当たりにして、あたしたちを庇《かば》おうとしてるってこと？」

「昔からあいつはそういうところがあった。肝心なことはなにも語らず、面倒事は隠れて一人で引き受ける。格好つけている自覚もない、ただの悪癖だ」

「っ、彼の居場所を突き止める手段はないの？　それこそ《黒服》を使って……」

「ああ、やっている。だが、どういうわけかいまだ情報は掴《つか》めていない」

　悔しいほどに晴れた空の下、沈黙が流れる。

「今度こそ、って思ったのにな」

　あたしは無意味だと分かって拳を握る。今度こそ、あたしが全部守る——そう思ったのに。敵は戦おうとすらしなかった。あたしを見てすらいなかった。

「アベルはそれだけの格の敵だということだ」

風靡《ふうび》さんがあたしを庇《かば》う。アベルは強い、圧倒的に強い。だから勝てなくても仕方がないんだって。でもそれは、《名探偵》が《怪盗》よりも劣ると言っているに等しかった。

あたしはまだ、本物だと認められていなかった。

「だけど、このままじゃダメなの」

過去、あたしは自分を犠牲に一人の女の子を救おうとした。そこに躊躇《ためら》いなんてなかった。この命を元々あった場所に返すだけだったから。先に救ってくれたのは彼女だから、今度はあたしの番だって、そう自分に言い聞かせた。

けれど、それは間違っていると言った男の子がいた。彼はそれをハッピーエンドと呼ぶことはできないからと、冒険を続ける選択をした。そしてそれはあたしが目を覚ました後も続いた。誰もが救われるたった一つのルートを探して。

あたしは、そんな彼の隣にいたいと思った。仲間だから。ビジネスパートナーだから。同級生だから。助手だから。あとは……ううん。ただ、あたしは彼の願いを叶《かな》えたかった
──今度こそ、名探偵として。でも、その結果がこれだった。

「ま、確かに。今のままだと男どもに格好つけさせすぎだな」

思わぬ呟《つぶや》きに顔を上げる。

白い煙草《たばこ》を口に咥《くわ》え、青空を忌々《いまいま》しそうに見上げながら紅髪の女刑事は言う。

「巨悪の襲来。戦いを挑んだ大神《おおかみ》は腕を失い、あのクソガキも命を賭した。そしてライア

ン・ホワイトは今、一人で決着をつける戦いに向かった」

……本当だ。あたしも、シャルも、風靡さんも、みんな彼らに守られた形になっている。

彼らだけが奪われて、あたしたちは……。

「だからこそ、だ。夏凪渚《なつなぎなぎさ》」

紅色の髪の毛が揺れる。

表情は決意に満ちていて。どんな正義も、悪さえも彼女の前には呑《の》み込《こ》まれる――そう思わせる《意志》を解き放ちながら加瀬《かせ》風靡は言った。

「ここから先はアタシたちの番だ」

◇暗殺者の弟子

一週間後、日本を経《た》ったアタシはロンドンを訪ねていた。

「……くそ」

とある施設からライアン・ホワイトにかけた電話は今日も繋《つな》がらない。

舐《な》めやがって、というありきたりな捨《す》て台詞《ぜりふ》は飲み込んで、アタシはパイプ椅子に深くもたれかかった。

間違いなくあいつは一人でアベルに接触しようとしている。いつものように厄介事は自分一人で引き受ける——飄々《ひょうひょう》と、誰への相談もせずに。

「そういうところが嫌いだったんだ」

純白の正義。それはあくまでも表の顔。腹の中はそうじゃない。

あいつの内側に渦巻いているのは、自己犠牲の漆黒だ。

「だから、そんな顔になるんだろ」

互いに道を別れてから、ライアンとは十年以上会っていなかった。だがアタシはその間に一度、メディアを通してあいつの顔を久しぶりに見ていた。

顔が違っていた。

別人が成り代わっているだとか、整形手術を受けただとかそういう話ではない。ただ、表情が違っていた。昔馴染《むかしなじみ》として近くで見てきたあの顔ではなかった。笑顔も口調も変わらない、でもそれらがすべて作り物のように見えたのだ。

その出来事は、ライアンがとある国でテロリストを捕縛し、軍事クーデターを未然に防いだ数日後の会見でのことだった。あの時ライアン・ホワイトは、どんな漆黒の犠牲を払って純白の正義を手に入れたのだろうか。

「面会室でそんなものをいじっていいとは初耳ですね」

扉が開き、刑務官に連れられて一人の女が入ってくる。

緑色の髪をした若い女。そいつはアタシの手元のスマートフォンを見咎《みとが》めながら、対面のアクリル板越しに座った。

「久しぶりだな」

アタシがそう言うと、女は翡翠《ひすい》色の目をわずかに見開いた。

「……思い出しましたか」

「どこかで聞いた声だとは思っていたんだがな。

あんな趣味の悪いマスクを被《かぶ》ってなければすぐに分かったんだがな。

「むしろあのマスクは私のコードネームそのままでしょう」

「はっ、それもそうか——山羊《ゴート》」

互いに唇の端を上げる。先月、ロンドンで捕まえた人身売買組織のヤギ頭。コードネームをゴート。アタシの元弟子だった。

「まさか、あなたが面会に来るとは」

「出来の悪い教え子の身は心配になるものだからな」

こいつを弟子に取っていたのは……そして最終的に落第の判を押したのは、今から何年前のことだったか。

「私らみたいなはぐれものを集めて優秀なエージェントを育てるとは口ばかり。訓練でも煙《けむ》に巻くようなことしか言わず、結局ほとんどの奴《やつ》らは見捨てられた」

当時を振り返るようにゴートは顔を顰《しか》める。それに伴い、頬《ほお》の火傷《やけど》の跡が歪《ゆが》む。そういえば昔もあれを隠すために、よくマフラーで顔を覆っていた。

「見捨てたとは言い草だな。自分の実力不足を他人のせいにするな」

「またお得意の説教ですか」

ゴートはニヒルに笑う。そうだ。たまにはこんな風に笑う奴《やつ》だった。

「ま、馬鹿にしたければ好きにどうぞ。エージェントになれなかった私が行き着いた先は人身売買を請け負う犯罪グループ」

堕《お》ちたものでしょう、とゴートは自嘲する。

「お前なりの正義があったんじゃないのか？」

この前戦った時にはそう言っていたはずだったが。

「………………」

だがゴートは答えない。代わりにとでも言うべきか、しばらく間を置いて、

「それで？　本当は、なにをしに来たんです？」

逆にアタシに問い返す。こんな異国の刑務所まで、元教え子を訪ねてきた理由を。

「あなたがそんな殊勝な人間じゃないことは知っている。世界のために日々身を捧《ささ》げているあなたが、私なんかを気にかけるはずがない」

それはアタシに対する絶対的な不信だった。それも当然だ。

ゴートを始め、これまで指導してきたエージェントたちと信頼関係を結ぼうと思ったことなどない。アタシが本当のところ何者であるかも、アタシの過去も一切話さなかった。

だがそれでいい。歩み寄りなどいらない。そんなことのためにこいつらを育成しようと思ったわけではなかった。

「一つ、訊《き》きたいことがある」

ゴートの指摘は当たっていた。アタシはここへ来た本題に移る。

「お前はあの日、本当は誰の命令で君塚君彦《きみづかきみひこ》を攫《さら》おうとした？」

ゴートの表情は変わらない。ポーカーフェイスというよりは、その質問が来ることを覚悟していたようでもあった。

「私の仕事は人身売買の斡旋《あっせん》と実行。今回、彼を欲しがるクライアントのために誘拐を働いた。これで納得できませんか？」

「確かにあいつを欲しがる人間は、こっち側の世界にはごまんといるだろう。だがそれを踏まえても、今回はあまりにタイミングが良すぎた」

まるで上手《うま》くできた物語のようだった。

アベル逮捕を目論《もくろ》む《連邦政府》の招集によってロンドンへやって来た君塚君彦。それを知ったシャーロット・有坂《ありさか》・アンダーソンは、行方不明の母親の居場所を教えてもらうことを条件に、人身売買組織と取引を交わし君塚を売り飛ばした。

が、同じくアベル逮捕を目的としてロンドンにいたアタシやライアンに救われた君塚《きみづか》は、そのままアタシたちと行動を共にすることになる。犬猿の仲でありながらもシャーロットを気に掛ける君塚は、有坂梢《ありさかこずえ》とアベルに因縁があることを知って、さらにこの事件に深く足を踏み入れていった。

そうしてあいつはアベルの犯罪計画を食い止めるのに一役を買い続けていたが、その最中に当のアベルと遭遇。《喪失のコード》によって生きる屍と化した。

……だがもしここまでがアベルが糸引く計画の内だったとしたら？　すべては《特異点》を陥れる罠《わな》だったのだとしたら？　今思えば元々のネバーランド計画も、君塚が固執しそうな事件だった。あいつを無意識に焚き付けるには十分だった。

「なるべく自然なシナリオが必要だった」

ゴートはポツリと言った。

「少なくとも君塚君彦《きみひこ》本人に勘付かれないような無理のない脚本。不仲な仲間と再会し、共通の目的を叶《かな》えようと歩み寄り、だがその過程で巨悪と遭って惜しくも敗北する。そういう自然な犯罪計画を、私は実行しなければならなかった」

なぜそんな回りくどい真似《まね》を——と、訊《き》くまでもなかった。ゴートがどこまで理解しているのかは分からない。だが少なくともアタシは知っている。君塚君彦が、そこまでしなければならない相手であると。

破綻した物語は決して認められない。あいつの《特異点》の力がそれを許さない。君塚君彦が、今自分の進んでいるルートが正当ではないと、理不尽だと無意識のうちに判断したその瞬間、《特異点》の力は発動する。すべての理不尽を、矛盾を、奇跡という言葉で塗り替え、なかったことにする。

「アベルは、それを恐れていたのか」

だからこそゴートを使って、君塚君彦をこのよくできた物語に巻き込んだ。今後の脅威になりかねない《特異点》を、あくまでも自然に退場させるために。

「なぜそんなアベルの計画に協力した？」

すべてが明らかになった上で、アタシはゴートに再度訊く。

「お前の悪にも正義はあったんじゃなかったのか？」

君塚だけじゃない。有坂梢という存在を利用してシャーロットも出しに使った。そこにどんな正義があったというのか。

「ないよ、正義なんて」

ゴートは火傷《やけど》の跡が残る顔を押さえて、力なく笑った。

「正義なんて、本物の悪の前ではいくらでも揺らぐんだから」

それを聞き遂げアタシは席を立つ。得るべき情報は得た。仕事は終わりだ。

「ゴート」

ゆえにこの後はただの戯言《たわごと》。背を向けて、特に返事も求めずアタシは言った。

「悪に飽きたら、訪ねて来い」

弟子の不始末ぐらいは取ることにしよう。

◇名探偵の因果

その日、あたしは病院近くの公園を君塚《きみづか》と二人で散歩していた。

歩いているだけで感じる秋の匂い。葉っぱも赤く色づき始めていて、陽射《ひざ》しの高さや空気感、鳴いている虫の音は季節の移り変わりを伝えていた。

「あれ、でもさすがに紅葉には早すぎない？」

地球温暖化以外にも、謎の異常気象が起きていたりするのかな。

「ねえ、やっぱり君塚の力でどうにかならない？《世界の危機》かもよ？」

なんて。少しだけおどけて尋ねてみるも、君塚はなにも答えてくれない。

車椅子に乗った彼は、感情のない瞳で前だけを漫然と見つめていた。

「……散歩なんてしても、変わらないかな」

アベルの襲来、そして君塚がこうなってしまってから一週間が経《た》っていた。

現状、彼に変化は見られない。ドラクマの言うように治療のしようがなく、できることと言えば点滴で栄養を送ったり、定期的に身体《からだ》を起こして筋肉が固まらないようにすることだけ。それは長い間眠っていたシエスタと同じような状況だった。

「君塚、今日がなんの日か知ってる？　十月十日。シャルの誕生日だよ？」

本当は幸せな日になるはずだった。去年の唯《ゆい》ちゃんの誕生日みたいにパーティーだって開きたかった。……でも、現状はこれだ。そして当のシャルにも最近連絡がつかない。みんな、勝手にいなくなるんだから。

「そういえば、あたしの誕生日もちゃんと祝ってもらえてないんだった」

君塚曰《いわ》く、プレゼントを迷いすぎて渡せなかったらしい。結局その日は二人でご飯に行っただけだった。結構楽しみにしてたんだけどなあ。

「いつか全部終わったら今度こそ、ね？」

本当に平和になったら今度こそみんなで集まろう。シエスタも目覚めた後に、みんなで。

「あ、ミアからメッセージ来てる」

車椅子を押して近くのベンチに移動したあたしは、スマートフォンの通話アプリを開く。間もなくウィンドウが二つ立ち上がり、ミアともう一人の人物が画面に映った。

『うわ、リルもいる……』

『なにが「うわ」よ。ミア、あなた最近調子乗りすぎじゃない？』

と、通話開始早々なにやら言い合いが始まる。まったく、この二人は。

「ミア、リル。喧嘩《けんか》しないの」

あたしはため息をつきながら二人を叱る。

……って、あれ？

もしかしてこの三人の場合って、あたしが回し役をやんなくちゃいけない？

「いざ顔を合わせてみるとなんか変な組み合わせかも。これ」

あたしとミアとリル。すなわち、名探偵と巫女《みこ》と魔法少女。何気にこの三人の《調律者》だけで話すのは初めてだった。

『そもそもあなたが招集したんでしょうが。この会は』

するとリルはじとっとあたしを睨《にら》んでくる。

まあ、それはそうなんだけど。でも、ほら。なんとなくあたし一人どう立ち回っていいか分からないというか。

「そこの二人は喧嘩しつつも本当は仲良しじゃない？」

『『仲良しじゃないってば』』

と、シンクロした動きで手を横に振る二人。

見た目や性格は真反対だけど、妙に二人の組み合わせはしっくりくる。そして、そんな彼女たちに前を向かせ、この関係性を築かせたのが誰なのかあたしはよく知っていた。

「…………」

思わず言葉に詰まっていると、ミアが言いづらそうに切り出した。

『その、君彦《きみひこ》は変わらない？』

「……うん。今、隣にいるよ」

元々、あたしはその話をするために二人に声をかけていた。

『……定期連絡はどうしたの。リルと同じになってどうするのよ』

そう言いながらリルは自分の足元に視線を落とす。足が動かないことに対する苛立《いらだ》ちは、彼女自身が誰よりも理解していた。

『いつも肝心な時に、この能力は大事な人を救えない』

次にミアも自分の力不足を嘆くように唇を噛《か》む。彼女の両親や、それからシエスタも。大切な誰かを救えなかった経験は、今もミアにとっての傷跡だった。

しばらく、沈黙が流れる。

『って、ダメね、これじゃ。落ち込むために集まったわけじゃないし』

リルが大きく頭を振った。そしてピシャリと自分の頬《ほお》を叩《たた》き、再びカメラに顔を向けた時にはもう、さっきまでの悲愴《ひそう》な表情は消えていた。

『渚《なぎさ》。あなたが君彦に呼びかけてあげて』

リルは言う。とにかく沢山話しかけろ、と。君塚《きみづか》が迷わないように、帰って来られるように何度も呼び続けろ、と。

「でも、今の君塚《きみづか》は耳も聞こえてないかも……」

『それでもいい。だって渚《なぎさ》、あなたの言葉は、耳だけじゃなくて全身の細胞に届く。これは感情論じゃない、リルの実体験。昔、半分科学の力で生きていたリルでさえそうだったんだもの。間違いないわ』

リルが優しくあたしを見つめる。彼女が言っているのは恐らく、《暴食の魔人》と戦った時のことだった。

『私も一つだけ。あなたは昔、自分のことを探偵代行と言った。探偵として力が足りないという自覚は今もあるかもしれない。でも、あなたにしかできないことは必ずある』

ミアが胸に手を当てながら、あたしに語りかける。

『ただの励ましじゃないわ。それと同時に古来《世界の危機》を誰よりも知っている。巫女《みこ》である私はこれまで起きた数々の特別な役割のことも。そして彼ら、彼女らが積み重ねてきたものは因果となって今のあなたに集まっている』

そういう風にできてるの、あなたたちは――と。ミアはいつになく強い口調で訴えた。

「……そっか。そう、なんだ」

リルとミアの言葉がじんわりと熱を持つ。

ああ、やばい。なんか少し泣きそう。だけど、こんなところでメソメソ泣く女の子は、きっと主人公にもヒロインにも、本物の名探偵にだってなれない。

「ありがとう」

だから今はただ、二人への感謝の言葉で終えておく。

それと、もう一言だけ。

「いつかまた三人で女子会しよ！」

あたしの言葉にミアとリルは一瞬目を丸くし、それから『なにそれ』と笑った。

名探偵と巫女と魔法少女。

やっぱりなかなかいい組み合わせかもしれない。


それから車椅子を押して病院へ戻ると、君塚の病室には思わぬ人影があった。

「え、唯《ゆい》ちゃん!?」

秋らしい私服に身を包んだ彼女は、窓際に綺麗《きれい》な花を置いているところだった。

確か今はツアー中だと聞いていたけど……。

「えへへ、ちょっとだけ抜け出してきちゃいました！　お久しぶりです、渚さん」

唯ちゃんはいつもの笑顔をあたしに向けると、それから。

「君塚さんも、ご無沙汰しています」

少し目線を下げ、車椅子の上の君塚に話しかける。

もちろん、返事はない。唯ちゃんは少し淋《さび》しそうに微笑《ほほえ》む。

君塚《きみづか》の容態については唯《ゆい》ちゃんにも前に共有していた。

「なんでわたしたち、みんなが元気な瞬間っていうのがないんでしょうね」

「……本当だね」

今までもそうだった。

たとえばシエスタとあたしが同時にいることはほとんどなくて、ようやくシエスタの手術に目処《めど》が立ったと思ったら、今度は君塚がこんな状況に陥った。唯ちゃんだって、つい数ヶ月前まで失声症という大きな病気と戦っていた。

「けどその場合は、元気な人間が頑張るしかないんだよね」

それが残された側、あたしたちの責任のはずだった。

「シエスタだったら、どうしただろうな」

ミアに言われたように比較をするわけではないけど……それでもせめて参考にできることはないだろうか。君塚と共に過ごした時間はやっぱりシエスタの方が長い。思い出の数では敵《かな》わない。

リルは言っていた。君塚にいっぱい語りかけろと。君塚が戻って来られるように言葉を投げかけろと。じゃあ、シエスタだったらどんなことを言うだろうか。君塚にどんな道標《みちしるべ》を与えるだろうか。

「必ずしも、シエスタさんを参考にしなくてもいいんじゃないですか？」

すると唯ちゃんはあたしのそばに近寄り、優しい目で見上げてくる。

「今ここにいるのは渚《なぎさ》さんですから。渚さんが君塚さんにどう語りかけるか、なにを話したいか、大事なのはそこなんじゃないでしょうか」

「うん。でも、やっぱりシエスタの言葉なら聞いてくれそうかなと思って。君塚、あの子の言うことならなんでも聞きそうじゃない？」

「あはは、それはまあ、はい。君塚さんはシエスタさんラブですからね。本人に代わってわたしが断言しておきます」

「……君塚、早く元に戻らないと唯ちゃんに好き勝手言われるよ？」

なんて、少しだけあたしたちは笑い合う。

「でも渚さんのことだって、普段どれだけ君塚さんが想《おも》っているか。勝手にその気持ちを軽視しちゃダメですよ？」

唯ちゃんはそう言いながらあたしの手をそっと取る。

「わたしにとってはお二人が救世主でした。一年前、渚さんと君塚さんが探偵と助手としてわたしを助けてくれた。わたしはお二人にとっての最初の依頼人になれたことが誇りなんです。だから今もう一度、探偵さんにお願いです」

そうして依頼人・斎川《さいかわ》唯はあたしに依頼を口にする。

「渚さん。どうか君塚さんを助けてあげてください」

【とある夢の幕間《まくあい》】

ふと気がつくと、目の前でシエスタが紅茶を飲んでいた。

「――なんだ、これ」

自分の両手を握っては開く。間違いなく俺の――君塚君彦《きみづかきみひこ》の手であり身体《からだ》だった。

次いで辺りを見渡す。ここはどこか城の庭園か、あるいは自然の中にあるカフェのテラス席か。俺の正面、シエスタは最初からずっとそこにいたかのように落ち着いた所作でティーカップを口に運んでいる。俺は思わず呆然《ぼうぜん》とその様子を眺めた。

「どうしたの？　そんな、探偵助手が全身に散弾銃を浴びたような顔をして」

シエスタはいつものような、いや、昔と変わらぬクールな顔で首を傾《かし》げる。

「それを言うなら鳩《はと》が豆鉄砲を食った、だ。散弾銃浴びたら驚くどころじゃ済まないだろ」

「君の悪運ならギリギリ助かるかなと」

「人を嫌なチキンレースに巻き込むな」

そうツッコんだところで、シエスタがふっと表情を緩めた。

間違いない。彼女は俺が三年間旅を共にした名探偵その人だった。

「久しぶりだな」

「バカか、君は」

「理不尽だ……」

再会を祝しただけで罵られた。

しかしこれでこそシエスタという感じもする。

「これは必ずしも現実じゃないよ」

するとシエスタは曖昧な表現を使いつつ俺の期待を否定する。

「現実じゃないってことは、夢か？」

「さあ。でも私は、たとえばここで渚《なぎさ》やヘルとも会話をしたことがある」

ああ、そういうことか。この場所はシエスタが心臓を通して夏凪《なつなぎ》たちと対話を交わしていた心象風景——あるいは、幻想の白昼夢。

「でも、なぜ俺までこの場所に来られた？」

夏凪やヘルは、心臓を通してある意味シエスタと一体になっていたからこそ、こうした対話が可能だったのだろうと思っていたが。

「どうなんだろうね。理由はいくつか考えられるけど……一つは私が今、心臓の手術を受けていることかな。具体的にどうとは言えないけれど、それがこの空間の拡大になにか影響を及ぼしている可能性はある」

……そうか。だとすると手術は上手《うま》くいっているのか、それとも苦戦しているのか。今この状況からはあまり判断がつかない。

「二つ目は、君が私の中に入ってきたことかな」

シエスタがそう口にして、一瞬脳がフリーズした。

俺がシエスタの中に入る？

なんだ、それはどういうあれだ。そんなことあっただろうか。夢や妄想の話か？　さすがにノーカウントだろ。と、ぐるぐる思考を巡らせているとシエスタは「ほら、この前のスカーレットの一件で」と言う。

「私もはっきりとは自覚できてないんだけど、でも。多分あの時、私は君の、血を、飲んだ」

「……そういう意味か」

スカーレットによって一部、吸血鬼化していたシエスタは俺の首筋に噛《か》みつき、血を飲んだ。あの時、俺の遺伝子は確かにシエスタと溶け合った。

「まったく、君は本当に無茶《むちゃ》をするね」

シエスタは俺を見て困ったように笑う。でもそれが理由で今こうしてシエスタと話せているのだとしたら、やはり俺の血ぐらい安い代償だった。

「そして君がこの場所に来てしまった一番の大きな理由――それは、現実世界で危機に陥った君の意識が激しく薄らいでしまったから」

シエスタの真《ま》っ直《す》ぐな青い瞳が俺を見つめる。

「どうしてそうなったのか、君は自覚している？」

「……ああ、こうして話している間に思い出した」

俺が誰と戦い、誰の手によってこうなってしまったのか。

しかし、あれから何時間、何日経《た》ったのか。ここの外の世界は今どうなっているのか。

「俺はどうやったら元に戻れる？」

この空間の主《あるじ》とも言えるシエスタに尋ねる。

きっと向こうの世界ではまだ、みんなが戦っているはずだった。

「誰かが呼んでくれることが大事、かな」

シエスタは紅茶を啜《すす》りながら俺にアドバイスを授ける。

「そしてその誰かが打ってくれた楔《くさび》を道標《みちしるべ》に進んでいく。雨が降っても、闇の中でも、その一筋の光を目指して歩いていく」

だとすれば俺のためにそんなことをしてくれる人間がいるだろうか。

「もちろん、その前に君自身の《意志》がないとダメだけどね？　君がどう生きたいか、どこへ行きたいかを考える。ねえ、助手。君は明日、なにをしたい？」

「俺は……」

自分自身に、この左胸に問いかける。

俺はなにを望んでいるのか。どんな道を歩こうとしているのか。

……多分、答えならもう出ている。必要なのは覚悟だけだった。自分や誰かの理想が叶《かな》わず、壊れてしまうその景色さえ見届ける覚悟を。

「結構、しんどいな」

「そういうものだよ、なにかを背負うって」

シエスタも昔そうだったのだろうか。名探偵として、物語を背負う主人公として生きていた彼女も。

「まあ、私の場合は半分背負ってくれる人間が隣にいたけど」

シエスタは紅茶のカップをソーサーに置きながら俺をチラリと見る。

「半分、いや三割……やっぱり一割二分五厘ぐらい？」

「戦力外通告待ったなしじゃねえか」

思わずツッコむとシエスタはそれを待ってたとばかりに口角を少し上げた。

「なんでその成績で俺を助手にしてたんだよ」

「ふふ、なんでだろうね」

するとシエスタは懐かしむように微笑《ほほえ》みながら、

「本当、なんでだろうね」

二度そう言って、白昼夢に浮かぶ青空を見上げた。

それからややあって俺は椅子から立ち上がる。そろそろ夢からは目覚める時間だった。

「もう行くの？」

「ああ。少し名残惜しいけどな」

もしかすると少し長い旅になるかもしれない。このままシエスタと茶会を続けていた方が幸福だったと、後悔しないとも限らない。

だが大事なのは彼女の言う通り、まずは俺の《意志》だ。この先に続く暗闇を、いつか光が差すと信じて歩き出してみる。

「一口ぐらい、飲んでいけばいいのに」

シエスタの声が背中越しに聞こえて思わず立ち止まる。

「名残惜しいのはお前の方だったか」

「……バカか、君は」

本日二度目の決まり文句は、先ほどよりも随分と弱々しかった。

「お前のことも必ず連れ帰る。それまで少し待っててくれ」

向こう側から楔《くさび》を打ち込む必要があるというのなら、俺がその役目を引き受けよう。

「だからその日まで、この紅茶は飲まずに取っておく」

シエスタはわずかに驚いたように目を見張り、それから微笑を浮かべた。

「うん――一年前と同じように、待ってる」

【第四章】

◇Side Charlotte Ⅰ

その日、ワタシは日本にあるミゾエフ連邦大使館を訪れていた。

アベルの襲来、あるいはキミヅカが倒れてからは三週間。

ワタシは関係者との連絡を断ち、様々な準備を整えて今ここにいた。《連邦政府》との窓口にもなっているこの場所に。

「あなたがロトで間違いない？」

通された大広間。そこに設置されたスクリーンに、一人の政府高官が映る。

『ああ、いかにも』

コードネーム《ロト》。

相変わらず仮面を被《かぶ》っていることもあり没個性的な人形のよう。四十代、五十代の男性だとは思われるものの、これまでコンタクトを試みた《ドーベルマン》や《オーディン》ら他の高官とあまり区別はつかなかった。

それでもこの男だけが特別な理由がある。唯一、ワタシの提案に興味を示し、この場を設けてくれたのが《ロト》だけだった。《連邦政府》は必ずしも一枚岩ではない。

『シャーロット・有坂《ありさか》・アンダーソン。自首を申し出たいというのは本当か？』

ロトがわずかに疑念を滲《にじ》ませるように訊《き》いた。

「ええ、事実よ。これまでワタシたちは政府に無断で《虚空暦録《アカシックレコード》》の地図を回収し続けていた。その罪を認める」

たとえそれがアベルを止めるためとはいえ、独断の行動。《連邦政府》がアカシックレコードを嗅ぎ回られることを嫌っているのは分かっていた。

「信用ならないなら、これも送るわ」

ワタシはスマートフォンから、この数ヶ月に及ぶワタシたちの行動履歴をまとめたデータを送った。当然そこには誰がいつどこで地図を回収したのか、その詳細が記されている。

『なるほど、よくまとまっている』

ロトが仮面の顔を上げる。

『しかし、なぜ君は仲間を売った？』

そう、この罪の告白はすなわち共犯の仲間たちを裏切ることにも繋《つな》がる。──でも。

「知らなかった？　ワタシは《特異点》の青年すら人身売買組織に売る女よ？」

たとえこの手を汚してでも成し遂げなければいけないことはある。

「とはいえ、《名探偵》や《暗殺者》を売ったことには理由がある──取引よ。ワタシを、アカシックレコードが眠っている場所まで連れて行って」

そこにアベルは現れる。すべての地図を盗み出して、必ずそこへ辿《たど》り着《つ》く。

アベルは、ワタシが止める。

『なぜ君がその役割を背負う？』

「ワタシの母親が……有坂梢《ありさかこずえ》が言っていた。どうしてあなたまでアレを奪いに来るの――と。それはつまり、アベルが以前にも有坂梢に接触していたということに違いない」

有坂梢はエージェントとして昔、アベルを追い詰めたと聞いていた。でも本当はその逆だったんだ。彼女は、地図を狙うアベルに追われていた。

ノアを亡くしてから、有坂梢が精神的に不安定になっていることは覚悟していた。でもこの前見たあれはさすがにおかしい。有坂梢は、アベルを異常なまでに恐れている。

だったら。

「ワタシが代わってアベルを討つ」

有坂梢を苦しめる元凶は、ワタシがこの手で破壊する。

「そのためにもアカシックレコードのある場所が知りたいの。だから、教えて」

中身になんて興味はないから。

ただその場所にさえ辿り着ければ、それでいいから。

『だとしたら順序が逆ではないか？　取引をしたいのなら、このデータを最初に差し出すべきではなかった』

「ええ、そうね。だからそれはあくまでも話を聞いてもらうための道具に過ぎない」

つまり本番はここからだ。

「もしアナタたちが取引に応じないというのなら、ワタシはいつだって君塚君彦を手にかけられる。そうなったら困るでしょ？　《特異点》の身になにか起きたら、その時世界がどう動くか分からない」

彼の《特異点》という体質について。ワタシはその詳細を知っているわけではない。マームも積極的に語ったことはなかった。でも、こういう世界に身を置いていれば嫌でもその話は耳に入ってくる。

悪いけれど、その特異性を利用させてもらう。探偵やアイドルや巫女《みこ》や魔法少女、他の誰にもできないことをワタシならやれる。警戒もさせず仲間の顔をして近づいて、ワタシは彼を――

『なるほど。だが現在《特異点》はその能力を発動できる状態にあるのだろうか』

しかしロトは冷静に反駁《はんばく》を試みる。

『アベルによる《暗号《コード》》を付与されたあの青年は、五感に加えて言語および思考能力を喪失している。言わば、生きながらに死んでいる。そんな彼は果たして《特異点》の力を発揮することができるのか』

「……つまり、仮にワタシがキミヅカを殺そうとしたところでなにも起きないと？」

『ああ、君の切り札は脅しにならない。彼が《喪失のコード》に囚《とら》われた時点で結末は決まっていた』

それはまるで勝利宣言のようだった。

「――そう。だとすると、随分アナタたちにとって都合がいい話ね。むしろ、それが狙いだったみたいに」

ずっと謎だった。なぜ《連邦政府》は《怪盗》アルセーヌの正体が世界最悪の犯罪者アベル・A・シェーンベルクだと認めないのか。

そして、以前《聖典》を盗むという大罪を犯した《怪盗》を、地下深くに幽閉するだけで処刑しなかったのか。その後、秘密裏に恩赦まで与えていたのか。

それらに理由があるとすれば一つだ。

「アナタたち《連邦政府》の一部、つまり《特異点》の早期排除を望む派閥は、《怪盗》とずっと手を組んでいた」

アベルの使う特別な《暗号《コード》》、それがあれば《特異点》を無力化できる可能性がある。ゆえに彼らはこれまでずっと《怪盗》の悪事を一定レベル見逃していた。

「《連邦会議》の名目で《調律者》たちはもちろんキミヅカまでイギリスへ呼び寄せて、アベルを捕まえろという指示を出したのも、すべてはこのため？　キミヅカをアベルに関わらせ、最終的に《喪失のコード》を与えることが目的だった？」

ロトは押し黙る。無言は肯定だった。

『取引に応じなければ《特異点》を手にかける、などと言ったのもこれを引き出すブラフだったか』

やがてロトはワタシの企《たくら》みに気付いたように呟《つぶや》いた。

「ええ、少しはこういう駆け引きも学んだの」

まあ、プランDぐらいには最悪その手もあったけど。だって、ほら。どうせワタシがなにをしてもキミヅカって多分死なないでしょ？

「これまでの会話は録音してあるし、そのデータはリアルタイムでクラウド上に保存されてる。たとえワタシが消されても情報は残る。そして誰かがアナタたちの企みに気付く」

『気付いたところでどうする？』

「決まってるでしょ。《特異点》がタダじゃ済まさない」

「彼が君の仇《かたき》を討つと？《喪失のコード》を克服してか」

随分な信頼関係だ、とロトは初めて少しだけ笑った。

「信頼？　そんなものじゃないわよ」

ワタシたちの関係はそんな漢字二文字で表せるものじゃない。もっと暗くて脆《もろ》くて醜く歪《ゆが》んだ、腐れ縁とも呼べないなにかだ。

それでもあのお節介な男はワタシのことを見捨てない。ワタシを見殺しにはしない。だからその逆だって成り立つ。

「キミヅカの敵はワタシが殺す」

たとえそれが《連邦政府》高官、お前たちでも。

『…………。そうか』

ロトは短く言って、またしばらく沈黙が流れた。

『今から君はとある場所へ移動する。だがそれまで君の記憶には鍵をかける』

「鍵？　どういうこと？」

『これから見るもの、聞くもの、感じるもの、それらをすべて忘れてもらう。ただそれだけのことで、それ以上はなにもない』

曖昧なことを言う。でもその先になにがあるのかは、男の口ぶりで明らかだった。

「構わないわ。そのアカシックレコードの場所まで連れて行って」

『ああ、許可しよう』

──これでようやく戦場に立てる。ワタシは強く、強く拳を握り締めた。

「ねえ、ロト」

そして戦場に向かう前、最後に少しだけ気になっていたことを訊《き》いた。

「アナタ、どこかでワタシと会ったことがある？」

『…………』

仮面の高官はやはり人形のように黙したままだった。

◇Side Fubi I

その日、アタシは南米のとある国にいた。

ロンドンでゴートと会ってからこの二週間。とある人物を探して世界中を飛び回り、果てはこの日本列島の裏側までやって来た。

夜更け、訪れたのは地下のバー。入り口でボディチェックを受け、電子機器を渡してから中へ進む。カウンターの端、一人の老紳士がウイスキーのグラスを傾けていた。

「まさかカジノ施設がここに繋《つな》がっているとは思いませんでした」

アタシはそう声をかけながら彼の隣に座る。

《情報屋》ブルーノ・ベルモンド。この前の《連邦会議》を欠席したアタシにとって、彼とこうして二人で会うのは久しぶりのことだった。

「はは、面白みがないとね。隠れ家は」

ブルーノさんはグラスを置いて、からっと笑う。

「それで？　ルーレットは十分稼げたかな？」

「……まさか。遊びに来たわけじゃないので」

誰より正義に生きている情報屋も、意外とジョークが好きらしい。

アタシも一杯やろうかと思いつつ、まずは一服から入ることにした。咥《くわ》えた煙草《たばこ》にライターを近づけ束の間のストレス解消を味わっていると、隣から視線を感じた。

「禁煙でしたか？」

「ああ、いや。いい顔をしていると思ってね」

「周りの連中は煙草をやめろと言うばかりなので、新鮮です」

「はは、みんな君の健康を気遣っているんだろう」

……そんな気遣いを受けるような関係は誰とも結んでいないと思うが。

「さて、私になにか訊《き》きたいことがあるということだが？」

するとブルーノさんは正面を向いたまま本題を切り出した。

実際、訊きたいことは数知れなかった。ライアンの現在地、アベルが使う《暗号《コード》》という能力の仕組み、あるいは——アカシックレコードの正体。

果たして全知を謳《うた》う《情報屋》はどこまで知っているのか。だが仮にそれらすべてを知っていたとして、今のアタシは彼からその情報を聞き出す術《すべ》を持っていない。《情報屋》は理由もなしに自身の知識を分け与えることはしないのだ。

「雑談でも？」

結局考えはまとまらず、ひとまずある議題を話すことにした。

「構わないよ。この歳《とし》になっても若い女の子と話すのは実に楽しい」

ブルーノさんは微妙にリアクションしづらい軽口を飛ばしウイスキーを呷《あお》る。

「全知の王の考える『正義が実現された世界』とは、どんな世界ですか？」

雑談と言いながら、アタシはそんな大それた問いをブルーノさんに投げかけた。相変わらず、自分の解答はないままに。

「君が多くのエージェント候補を育てていた理由もそれかな？」

思ってもみない角度からブルーノさんに問い返された。

「君自身が、正義とはなにかを知りたかったから。その解答例を多く集めるために、優秀なエージェント候補を募り己の腕で育て上げようとした」

アタシは肯定も否定もしなかった。

ただ確かなのはこれまで一人も合格生は出なかったということだけだ。

「あるいは、君が《名探偵》の少女や《特異点》の少年を特に目にかけているのも、同様の理由かな」

「……特別扱いをしたつもりはありませんよ」

煙草を吸い終え、運ばれてきたブランデーをグラスで回すことなく口に運んだ。

「正義が実現された世界とは、いかなるものか。だが私はあくまでも《情報屋》、データはあれど答えは出せない」

ブルーノさんはまだ思考実験を続けてくれていたようだった。

「解答ではなく、仮説でもいいかな？」

「ええ、もちろんです」

代わりにそれを実証する役職をアタシは知っている。

「人類があらゆる戦争、暴力、貧困――それらから解放された世界。あるいは、その解放に向けた希望を持てる世界。必ずしも今ある幸福ではなく未来への微《かす》かな期待を。それらを誰もが抱ける世界こそが正義であり、理想である」

翻訳をすれば世界中、子供から老人まで理解できるに違いない言葉だけを使って、ブルーノさんは『正義が実現された世界』の仮説を口にした。

「実現しないユートピアと思うかね？」

「いいえ。人が想像できることは、人が必ず実現できる。そう言った作家がいます」

「ああ、そうだった。やはりいつの時代も《創造者》は――」

そこでブルーノさんは口をつぐみ、アタシに向き直った。

「思う通りにおやりなさい」

優しくも実直な眼差《まなざ》しでアタシを見つめる。

「心配はいらない。君がどのような道へ進もうと、どのような正義を目指そうと、私は最後まで君を見守り続けると約束しよう」

彼は十年以上も前、初めて会ったあの日と同じようにアタシにそっと手を差し出した。

「それが、君を《調律者》に引き入れた私の責任だ」

アタシはその手を取ろうとして、今はまだその時ではないと引っ込める。

「もう行くのかな？」

「ええ。現状を打破するのに、もう一人のツテを当たります」

とはいえ、その人物とはそこまでコネクションがあるわけではない。どこまで目論見《もくろみ》が上手《うま》くいくかは不透明だ。

「そうか。では、私からも彼女に一言申し添えておこう」

……アタシが誰に会おうとしているのか、ブルーノさんには自明のことらしい。なぜそこまでしてくれるのか、その疑問さえも分かっているかのように彼は続けてこう言った。

「はは。なに、気にすることはない。ただの個人的な未来への投資だ」

◇Side Charlotte Ⅱ

気付くとワタシは遺跡の内部のような静謐《せいひつ》な空間に立っていた。

「──ここは？」

まるで見覚えのない場所。少しだけ肌寒く、薄暗い。

例えるなら、ゲームに出てくるダンジョンのよう。服装や所持品は、あのミゾエフ連邦大使館を訪れた時と変わらない。

ロトとの会談からどれだけの日数が、時間が経《た》ったのだろうか。

話し合いが終わって大使館を出て、そのまま政府が用意した車に乗ったところまでは覚えてる。だけどその先は……。

「記憶に鍵をかけられた？」

そういったことをあの高官は言っていた。なにか薬でも飲まされたのか。

「でも今はそんなこと、どうでもいい」

ここに来られただけで十分だ。

だからワタシは先を歩き出す。どこに「それ」があるのは分からないけど。

ダンジョンは、迷宮だった。

「またここ……？」

歩き始めて何時間経ったか、幾度となく戻ってきた場所にうんざりする。

確かにワタシは少し……ほんの少しだけ方向音痴のきらいがあるけれど。それにしたってこの遺跡は異常だった。

扉を見つけて何百段という階段をようやく上り切ったと思ったら、なぜか階段を上る前と同じ場所に出たり。その反対に扉を開けただけで、鬱蒼《うっそう》と木々が生い茂るジャングルに出たり。

一体ここはどこなのか。なんなのか。まるでワタシを「それ」がある場所まで辿《たど》り着《つ》かせないように、見えない力が働いているようですらあった。

「まさか」

少し前、キミヅカに聞かされた話を思い出す。去年の暮れ、彼は魔法少女の子と共に《百鬼夜行》という敵と戦っていたらしい。そのきっかけになったのが《寄生霊《パラサイト》》という存在で、キミヅカは永遠に続く階段によって病院の中に閉じ込められたのだという。

結局その原因はキミヅカのマームへの重たい感情、つまりマームが眠っているその病院から離れたくないという強い無意識が影響していた。

そしてその現象は、まさに今ワタシが体験している状況と似ている。

「ワタシは無意識にこの先に進みたくないと思っている？」

だから永久に同じ場所を巡っている？

もちろん、ここに《寄生霊》がいるはずはない。でも、もし似たような怪異がここにいるとしたら。あるいはそういう仕組みが働いているとしたら。

「進みたくないはずがない」

ワタシは怖がっていない。アカシックレコードも、アベル・A・シェーンベルクも、有坂梢《ありさかこずえ》も。なにも恐れてなどいない。――だから。

「早く、戦場へ」

目を瞑《つぶ》り、胸の前で手を握り、強い《意志》で祈る。

次の瞬間、空気が変わった。まさかこんな一瞬で、と疑いながらも目を開ける。

さっきまでいた場所とはまるで違う、拓《ひら》けた景色がそこにはあった。

「なによ、これ」

空が二色に割れていた――昼と夜。

青空と星空がちょうど中央で縦に分割されている。

突風が吹く。ワタシが立っているのは大きな円形のフィールドで、壁も天井もなにもない。まるでこの場所だけ空高く浮かんでいるようだった。

そしてこの拓けた舞台の端、二十メートル程向こうに巨大な白いモニュメントが宙に浮遊している。逆三角錐《さんかくすい》のような形状。その下には一つの人影があった。

「――アベル」

後ろを向いている。でも顔なんて見なくても分かった。

「今日は包帯を巻いてないのね」

ワタシが十メートル程近づいたところで、アベルは振り返った。

年齢は恐らく三十代。国籍はアジア系……いや、日本人だ。嘘《うそ》のように透き通った、それでいて感情の読めない瞳が特徴的だった。

「君が来たか」

アベルが口を開く。誰かがここへ来ることは予期しているようだった。

「ここでなにをしてるの？」

ここがどこか、なんて問いはすでに無意味だと思った。

「《虚空暦録》《アカシックレコード》の解析だよ」

アベルは宙に浮いた逆三角錐のモニュメントを見上げる。

「アカシックレコードを守る《システム》は厳重でね。僕の《暗号》《コード》を使っても侵入するのには時間がかかるんだ」

……システム。初めて聞く言葉だった。それがあの白いモニュメントのことなのか。だとしたらアカシックレコードはその中に埋まっている？

「アナタはアカシックレコードの正体を知っているの？」

「ああ、知っているよ。その重要性もね。――それで？　君は僕を止めに来たのかな？」

アベルはワタシの心を読んだように言った。

「有坂梢《ありさかこずえ》を覚えている？」

ワタシはすぐさま問い返す。アベルはわずかに目を細めた。

「アナタは昔、彼女から《虚空暦録《アカシツクレコード》》へ至る地図を無理やり奪おうとした。そうよね？」

有坂梢はそれをきっかけにアベルを恐れ、精神を壊された。そのはずだった。

「無理やり奪う？　僕が地図一枚を盗むのに苦労するはずがない」

「っ、だったら……！」

「有坂梢が恐れているのは僕ではない——アカシックレコードそのものだ」

一瞬、息が詰まった。有坂梢はアカシックレコードの正体を知っている？

「彼女の仕事柄、思いがけず知ってしまう機会があったのだろう。だがそのパンドラの秘密は到底、個人で抱えきれるものではなかった。有坂梢はそんな巨大な十字架に押し潰されたんだ。たとえその記憶自体はすでになくなっていたとしてもね」

その時、逆三角錐《さんかくすい》のモニュメントが紫苑《しおん》色に光った。直感で分かる。アベルの《暗号《コード》》による解析が進んだのだ。

「さっきアナタは、地図一枚を盗むのに苦労はしないと言っていた。だったらなぜもっと早くに行動を起こさなかったの？」

そう尋ねながらも自分で思考を整理する。

なぜ敵が動いたのは今だったのか……。きっとなにか準備をしていたからだ。そしてそれが整って、行動を起こした。

じゃあその期間、アベルが行った特別なことと言えば――

「――キミヅカから、アカシックレコードを解析する鍵を奪った」

鍵。あくまでも最近聞いたそれらしい言葉を使ったに過ぎない。でも恐らくはそういった概念のものをキミヅカから奪った。喪失させたのではない、盗んだのだ。

アベルはずっとキミヅカを手中に収めるために綿密な計画を練っていた。

「これ以上、好きにはさせない」

ワタシは銃を構える。唯一持ち込んでいた武器だった。

「君の目的はなんだい？　言った通り、僕は君の母親にはそれほど関知していない。であれば正義感かな？　世界を反転させようとしている僕を止めるか？」

「ええ、それもある。でもまずは――キミヅカを元に戻しなさい！」

躊躇《ためら》いなく発砲する。どうせアベル本人には当たらない。だから、あの巨大なモニュメントの中にあるはずのアカシックレコードへ向けて銃弾を撃ち込んだ。

「それはよくない判断だ」

見えないなにかに銃弾が弾《はじ》かれた。

「アカシックレコードは《システム》による防御プログラムによって保護されている。そんなありきたりな武器は役に立たない」

「……プログラム？　まさか、ここは……」

「さあ、願うんだ。君は強さが欲しいはずだ。絶対的な正義を実現する強さが」

次の瞬間、気付けばワタシはマスケット銃を握っていた。ワタシにとってなによりの強さの象徴である武器を。

「そうだ。この場所では《システム》によるプログラムが特に強く作用する。僕らはコードを書き加えることで、望むものを自在に出力することができる」

「っ、でもワタシにそんな能力は……」

「いいや、君たちにも備わっている。僕の《暗号》に相当する《意志》という力が」

……そうか。最初この迷宮に閉じ込められた時も強く願ったことでここへ来られた。それはワタシの《意志》によるもの。じゃあ、本当にこの場所は……。

「素晴らしい世界だと思わないかい？　ここでは僕らの理想がすべて実現される」

アベルがワタシを、いや、その後ろを見た。

誰かがいる。マスケット銃を構え、振り返った。

「――なんで、アナタが」

音もない世界に、ワタシの嫌な心臓の音だけが鳴った。

◇Side Fubi Ⅱ

アタシの気配を感じたのか、数メートル先にいたそいつは慌てたように振り返った。

「そんなに驚くことじゃないだろ」

目を丸くしているその人物に、アタシは軽い調子で言う。

「ったく、一人で突っ走りやがって。どういうつもりだ——ライアン・ホワイト」

まるで遺跡か古い神殿のような場所でアタシたち二人は相対する。

ライアンがアベルを追って姿を消してから約三週間ぶりの再会だった。

「……できればこのままカッコつけさせてほしかったんだけどな」

「はっ、なんだ。今回ばかりは自覚があったのか？」

アタシたちは軽口を飛ばし、数歩分の距離を取ったまま歩き出す。

薄暗い遺跡は長い通路が続いていた。

「それで、ライアン。なぜお前がここにいる？」

アタシは当然の疑問を口にする。なぜならここは普通の場所じゃない。アカシックレコードが封印された神域だった。

「当然、アベルを止めるためだ」

ライアンはさらりと言った。

「あれから三週間以上、回収した地図のデータを分析してね。すべてが集まったわけではなかったから、解析に時間はかかったけど……でもようやくこの場所を突き止めた」

「分析に解析、か。それでお前はアベルの先回りをしようとしていたわけだな」

「ああ、その通り。……でも、それより風靡《ふうび》。君こそどうやってここへ来た？」

ライアンが立ち止まり、不審の眼差《まなざ》しをアタシに向ける。

だがそれは簡単な話だった。

「アタシが地図の回収を始めたのは、なにも今回のネバーランド計画に端を発したわけじゃない。数年前から密《ひそ》かに地図のデータは集めていた」

「どういうことだ？　風靡は何年も前からアベルの目的に勘づいていたと？」

いいや、アベルは関係ない。確かに当時から奴《やつ》を危険視していたことは間違いないが、それ以上にアタシには見据えている景色があった。

「アタシはもっと上に行くために《虚空暦録《アカシックレコード》》が必要だった」

別に、アカシックレコードの中身に興味があったわけじゃない。

だがそれを手中に収める……あるいはせめてアクセス権を得ておくことで、立場を確かなものにしたかった。《連邦政府》と対等に渡り合える立場を。

「そうして今回。ライアン、お前や他の奴らと地図の回収を続け、遂《つい》にアタシの手元には必要な地図のデータがほぼすべて揃《そろ》った。これまでアタシ一人の人脈や能力では手に入らなかったものも含めてな」

「……そうか。はは、まんまと僕らは利用されていたわけか。まったく、相変わらず君は一筋縄ではいかないな」

アタシの企《たくら》みを知ったライアンは、してやられたという風に苦笑いを浮かべた。

「でも、具体的にはどうやって地図の解析を？」

ライアンは再び歩き出しながら訊《き》いてくる。この遺跡のどこかにあるアカシックレコードをアタシたちは探さなければならなかった。

「この遺跡の場所を探し当てたのは《革命家》だ。お前もアメリカで会っただろ？」

「……彼女か。実はあの時、地図のデータのコピーを渡すことで共犯関係を築いて見逃してもらったんだけど……そうか、君たちも」

《革命家》妖華姫《ようかき》。普段はベールに包まれた美貌によって各国の要人に取り入り、世界地図を知り尽くした女。

だがそんな彼女にとっても唯一のパンドラの箱がアカシックレコードだった。

ゆえにアタシは彼女に《虚空暦録》へ至る地図のデータを共有し、互いの利害を一致させた上でこの神域を見つけさせた。仲介人は言うまでもなく、全知の王だった。

「それにしても、まるで迷宮だな。一向にゴールが見えない」

「ああ、どこかに必ずアカシックレコードを管理する部屋があるはずなんだけど」

ライアンはわずかに困惑したように周囲を見渡しながら歩く。さっきからアタシたちはぐるぐると同じ場所を巡っているようだった。

「しかし、今更ながら妙な感覚だな。まさかライアン、お前とこうして同じホシを探して捜査することになるとは」

「はは、本当だよ。君は裏から、そして僕は表からこの世界を守る。そうやって十年以上が経《た》って、まさか今それが交わるなんてね」

ああ。アタシが《情報屋》の伝手《つて》でこの仕事を始めたのがおよそ十年前。その後《連邦政府》によって与えられた役職は《暗殺者》。裏側からこの世界を守ると決めていたアタシにとっては最適の仕事のはずだった。

「随分、苦労したと聞いている」

「覚悟の上だ」

アタシの《暗殺者》としての仕事は、多くの命を救うために罪なき一人の命を奪うこと。百人のために一人を殺すことが、アタシの使命だった。

「──昔。ある小国に、高い理想を持った若き政治家がいた。嘘《うそ》と金を嫌い、真実と人情だけを愛していた。ある時、その政治家は政界幹部らによる国家ぐるみの汚職の証拠を掴《つか》み、国民へ向けて告発をしようとしていた」

そんなある日、アタシに《連邦政府》から使命が下った。

その若き政治家を暗殺せよと。

「当時の《巫女《みこ》》の予言があったんだ。もしこのまま彼《か》の国の汚職が暴かれた場合、大規模な暴動が起こり、国は正義の前に崩壊すると」

だからアタシは清い理想を持ったその罪なき政治家を殺した。必ず起きる紛争によって何万人もの命が奪われる、その前に。

「毎日がトロッコ問題に直面しているような気分だった」

「風靡《ふうび》、やはり君も……」

ライアンが目を見張る。だがそれから、なにかを決意した顔に変わりこう言った。

「だったら僕たちで変えよう、世界を」

ライアン、ライアンの背後に突如大きな扉が出現した。

だがライアンは動揺することなくその扉を潜《くぐ》り、アタシもその後に続く。

どこまでも続く荒野が広がっていた。

いつの間に外に出たのか。振り返ると、さっき通った扉はもうそこにはなかった。

「さあ、今度こそ近い。もうすぐそこにアカシックレコードは存在する」

ライアンが顔を上げる。

空はまるで昼と夜が分断されたように二色に割れていた。

「嬉しそうだな、ライアン」

アタシが背中越しに話しかけると、ライアンはそのまま静止した。

「まるでアベルなんて関係なく、お前自身が早くアカシックレコードのもとに辿《たど》り着《つ》きたいように見えるぞ」

「……なにか言いたげだね。聞いてあげようか」

僕は君のお喋《しゃべ》りが好きなんだ、と。ライアンは背を向けたまま軽口を飛ばす。

アタシはずっと頭の中に燻《くすぶ》っていた仮説をぶつけた。

「ライアン・ホワイト。お前、アベルと手を組んでるな？」

無言。だったら、とアタシは仮説を重ねる。

「ネバーランド計画を阻止するための《虚空暦録《アカシックレコード》》へ至る地図の回収――それを最初に提案したのはライアン、お前だ。だが恐らくそれはすべてアベルの指示。《名探偵》や《特異点》の力を使って効率よく地図を回収し、アベルに渡した」

つまりライアンがここ最近姿を消していたのは、地図を餌にアベルを誘き出《だ》そうとしていたわけじゃない。単に地図を持ち逃げし、アベルと接触を図《はか》っていただけだ。

「お前はこの遺跡をデータの解析によってどうにか突き止めたというようなことを言って

いたが、真相はなんのことない。アベルに連れて来られただけだ」

なぜか、未《いま》だに当の本人とは会えていないようだが。

「どうしてそう思う？」

ようやくライアンが口を開いた。

「風靡《ふうび》、君も警察官ならもう少し論理立てて喋ってほしい」

「やはり、これが一つの計画《ストーリー》だったことを踏まえると分かりやすい」

アタシは最近までこの一連の事件は、アベルが《特異点》を無力化し、その上で《虚空暦録》を手にするための計画だったのだと推察していた。——実際それは一部正しい。けれど、それだけじゃなかった。

「奴《やつ》の計画には……物語には、いつもプレイヤーがいる。たとえばゴートがそうだったように。だがまだ足りない。この壮大な計画をつつがなく動かすにはもう一人、ゲームを管理するマスターがいる」

その人物こそ、今ここで軍服を着て背を向けている男、ライアン・ホワイトだった。

「お前はアベルの立てた計画を実行するために、やはりプレイヤーを集めた。たとえば、『巫女《みこ》』、『名探偵』、『暗殺者』、『執行人』、『特異点』、『エージェント』。そして倒すべき黒幕を『怪盗』と定め、アタシたちを駒として動かした」

アタシたちプレイヤーは世界の秘密が隠された地図を回収するというミッションを与え

られ、さながらロールプレイングゲームのように世界各国を飛び回っていた。まさか自分たちが黒幕とその右腕にコントロールされているとも知らずに。

「いつそう思った？」

「一番疑念を持ったのは、アベルが襲来したタイミングだ」

その時アタシはライアンに連れられて欧州へ飛んでいた。アタシでなければ回収できない地図があるから、と。だがそうしてアタシが不在の間に君塚《きみづか》はアベルに《喪失のコード》を付与されてしまった。

「お前は、アタシがアベルと接触するのを恐れたんだろ。万が一にもアタシが君塚を助けかねないと危惧して」

ゆえにアベルが襲来するタイミングに合わせてアタシを君塚から遠ざけた。本来アベルは、自身が計画した物語には参加しない。だが《特異点》を無力化する今回ばかりは自らが出ていく必要があった。そこに計画の若干の綻びが……違和感が生じていた。

「なるほど、筋は通っている。でも証拠はない」

「まあ、な。だから探偵モノの小説でも刑事は無能扱いなんだろう」

アタシはライアンの正論に自嘲する。——けれど。

「いらないだろ、もう」

軽く笑い飛ばすと、わずかにライアンの肩が跳ねたように見えた。

「アタシとお前の間に、そんなものは必要ない。答えろ、ライアン。お前はアベルと手を組んでなにをするつもりだった？」

背を向けたままのライアンに、アタシは銃口を向ける。

「君と同じように、少しだけ昔話をしよう」

ライアンは落ち着いた声音で口を開いた。

「とある途上国で軍事クーデターが起こる可能性を掴《つか》んだインターポール上層部は、僕を指揮官として現地に派遣した。詳細は省くが数ヶ月に及ぶ潜入と調査によって、僕らはテロ組織の幹部を一人余すことなく捕らえることに成功した」

それはいつだったか、アタシがメディアを通して久しぶりにライアンを見たあの出来事だった。《純白の正義》だと讃《たた》えられ、ライアンの顔が変わっていたあの――

「実に見事だっただと、その国の為政者にも褒《ほ》め称《たた》えられたよ。そこで僕は差し出がましいとは分かっていたが、テロリストを引き渡した上でこう進言した――必ずテロの動機を明らかにした上で法に則《のっと》った処罰をしてほしいと。為政者は笑顔で頷《うなず》いた」

ライアンの言いそうなことだ。ゴートの一件でもそうだった。悪は力ではなく法で裁くと、それがライアン・ホワイトのモットーだと、あの時自ら口にしていた。

「翌日、テロリストは全員ギロチンで首を落とされた。民衆の前で全員だ」

背を向けているライアンの表情はこちらからは見えない。

けれど、見えずともどんな顔をしているかは分かる気がした。

「動機の解明などありはしない。それが政治に生かされることもない。むしろそのテロ未遂以降、圧政は強まり法も厳しくなった。国家反逆罪の成立要件は緩み、少しでも国に反発した者は容赦なく処刑されるようになった」

僕はいつの間にか国民を犠牲にして、国家の正義を守っていた。

そう呟《つぶや》いたライアンの背中。軍服の純白が哀《かな》しく見えた。

「僕はその日から考え始めた。どうすれば国ではなく人を救えるのか、彼らを正義で守れるのか。――アカシックレコードが必要だった」

ライアンは振り返った。

怒ってもいない、微笑《ほほえ》んでもいない。ただ己《おの》が信念を秘めた眼《め》をしていた。

「過去、アカシックレコードを巡って第三次世界大戦が起こりかけ、だが《調律者》らの働きによってほぼ未遂で終わった。だから僕はもう一度、アカシックレコードを巡る戦争を起こす。ただ、今度引き起こされるそれは完全にコントロールされた戦争だ。そうして生き残るべき国家を見定める。僕はね、風靡《ふうび》――国境線を引き直したいんだ」

そう言ってライアンは今度こそ微笑んだ。

「……だから利害の一致したアベルと手を組んだと？」

「ああ。アベルの《暗号《コード》》は人心掌握に使える。そうして僕の思想に共感できる者をリーダーに据えた国家を作る。それはアベルの望む世界の反転にも繋《つな》がる。協力し合える部分はあるだろう」

あり得ない。これまでありとあらゆる犯罪を裏で手引きしてきたあの男と手を組むなど、あってはならない。それは正義に対する冒涜《ぼうとく》だ。

「どんな大義があろうと国家間の戦争を誘発していい道理はない」

「風靡、君は勘違いしている。僕は《世界の敵》ではないよ」

ライアンが一歩アタシの方へ足を踏み出す。

「巫女《みこ》の少女がアベルの襲来を予言できなかったように、僕のこともただの一度も《聖典》には載らなかった。それはこの世界が僕を悪ではないと認めた証拠だ。——僕は敵ではない。僕は誰も傷つけない。犠牲を出さぬ戦争をすると約束しよう」

だから、と。ライアンはアタシに右手を差し出した。

「風靡、君も僕らの船に乗るんだ」

◇Side Charlotte Ⅲ

なにかの気配を感じて振り返ったワタシは、そこに立っていた人物を見て数秒間息をすることすら忘れていた。

「――なんで、アナタが」

張り裂けそうな心臓の音だけがうるさく鳴る。

やがて沈黙を破ったのは、今ワタシの目の前にいるその人だった。

「シャーロット、一体どうしたの？　そんな泣きそうな顔をして」

有坂梢《ありさかこずえ》。ワタシの母親が、不思議そうな顔でこちらを見つめていた。

「あ、分かったわ。なにか怖い夢でも見たんでしょう？　仕方ないわね、こっちへおいで。絵本でも読んであげる」

まるで、ぐずる幼い我が子をあやすように。有坂梢は柔らかく微笑《ほほえ》みながら、ワタシを受け入れようと腕を広げる。

「お母《マ》さん《ム》？」

ワタシは彼女のもとへ歩いていく。そして、その胸に抱かれる寸前――

「――ッ、悪い冗談はやめて！」

身を翻して、宙に浮かぶ逆三角錐《さんかくすい》の《システム》に向けてマスケット銃を撃った。

違う。違う！　有坂梢はワタシにあんなことは言わない。優しく抱き締めたりしない！

子供の頃にだってあんなことはされなかった。あの微笑みはいつだって、ノアにだけ向けられるものだ。ワタシは一瞬だけ半身で振り返る。もうそこに有坂梢はいない。《システム》が作り出した幻想は消え去っていた。

「冗談ではないよ」

アカシックレコードを守る《システム》の真下、アベルは首を横に振る。

「君の深層心理が《意志》となって《システム》がそれに呼応した。君が望む理想の有坂梢のイメージを生み出したんだ」

「……そんなこと望んでない。今さら、そんなこと！」

「だって君は数週間前、僕の《殺戮《さつりく》のコード》を拒絶できたじゃないか。それはつまり、君の中で有坂梢がそれだけ大きな存在であるという証左だ」

恥じることはない、とアベルは微笑んだ。

「僕はいずれ《暗号《コード》》を使って、すべての常識を反転させた新世界を作り上げる。その世界では、君の理想もすべて叶《かな》う。そのためにはまず《システム》を僕の制御下に入れなければならないけどね」

……頭が混乱してくる。ワタシの理想を叶えたのはあの巨大な逆三角錐のモニュメント《システム》だとアベルは言う。そしてこの場所では《システム》によるプログラムが特に強く作用するということも口にしていた。

だったら《システム》とは、例えるならコンピューターのようなもの？　そしてコードを書き加えてそのコンピューターを駆使するアベルは……きっとプログラマーだ。

「じゃあ、アカシックレコードは？」

あの《システム》に埋まっているという世界の秘密。アベルは《システム》を制御下に入れるために、アカシックレコードを解析し盗み出そうとしている。だとすればアカシックレコードとは、コンピューターのCPUのようなもの？

「つまりアカシックレコードとは、この世界を機械的に管理している頭脳――」

――ワタシたちが立っているこの場所は、それを行う管制塔だ。

「無論、君たち生命の存在が電子データであるわけではない。だが君たちが暮らす地球は、この管制塔からの機械的な干渉が可能だ。古来、地球上で起きてきた様々な危機やそれに伴って生じた矛盾は、物理演算すらも無視した《システム》によって解消されてきた」

「……それを体現してきたのが、《調律者》ということ？」

「ああ、主にはね。強い《意志》を持った人間は、《システム》の力を借りて、世界の敵《ウイルス》を壊滅させ、危機《バグ》を解消する。銃弾を超えるスピードで拳を振るうことも、魔法と変わらぬ科学力で夜空を駆けることも、敵を欺く白昼夢という名の幻覚を見せることも、実力のある《調律者》なら容易にやってのけるだろう」

アベルの背後に巨大な怪物と人型の戦闘兵器が突然現れ、両者は戦い始める。あれも《システム》によるプログラム――少なくともあんな兵器はこの地球上に実在しない。

「だが僕はアカシックレコードを解析し、盗み出し、進化させる。僕の書き加えたコードによって管理された理想の新世界では、世界の敵は現れない。危機も起こらない」

人型の戦闘兵器が怪物を倒し、直後その兵器も役割を果たしたように消えていく。

「新世界ではすべてプログラムで管理され、人の感情や行動すらもコントロールが可能となる。長い間、準備してきた甲斐《かい》があった」

「……まさか、これまでアナタが企ててきた犯罪の数々も、いずれ誕生する新世界のためのなにかしらの実験だった？」

アベルはその問いには答えず、再び《システム》を見上げ、アカシックレコードを取り出す作業を始める。

宙でキーボードを打つ動作をするように、指先でなにかをスライドするように。具体的になにをしているのかは分からない。それでもあの男がこれからやろうとしていること、これまでやってきたことだけは明らかだった。

アベル・A・シェーンベルクを新世界の管理者にするわけにはいかない。その実現と実験のために犠牲になった人のことを忘れてはならない。

「アナタの犯罪計画《プログラム》に、この世界を巻き込まないで！」

構えたマスケット銃に火花を散らせた。けれど、銃弾がアベルに届くことはない。巨大なバリアがそれを弾《はじ》いていた。《暗号《コード》》を使って《システム》に自分を守らせている？

「確かに僕は新世界をコードで管理する。けれど言ったはずだ、僕は君たちの理想も叶《かな》えると。願いも、自由も、思うがままだ」

気付けば目の前にアベルがいた。今さらながらに悟る。これは高速移動でも瞬間移動でもない。コードを使って自分の座標軸をずらしているのだ。

「新世界で僕は与える。例えば車椅子の老人が海を泳げる自由を。生まれつき目の見えない青年が花火を見られる自由を。家族が壊れた少女が、すべてを取り戻す自由を」

そして、指が鳴る音だけが聞こえた。

「なに、これ」

一瞬意識が途切れた間に景色が変わった。

思わず周囲を見渡す。さっきまでの非日常的な光景とは違う時空にワタシはいた。

時空。空間だけじゃない。時間も違う。だってここは。

「この前、夢にも見たばかりじゃない」

ワタシが子供の頃に住んでいた実家。ノアの部屋だった。

「――どうしたの、お姉《ねえ》ちゃん」

部屋の中で棒立ちしていたワタシをノアが呼んだ。

ノアだ。ノアがいる。

いつものように枕を高くしたベッドに寝て、弟がこっちを見つめている。ワタシは思わず駆け寄りそうになって——足を止める。これは幻想だと分かっていた。

「ううん、なんでもない」

それでもワタシは首を振って、ベッドの縁に腰を下ろした。八年前のベッドは、確かな質感をもってギシリと音を立てた。

「ねえ、本読んで」

「言うと思ったわ」

苦笑しながら、ノアが手渡してきた本を開く。

それは昔からノアが好きで読んでいた、エージェントが次々と悪の組織を倒していくシリーズだった。久しぶりに開いたその本を、ワタシは懐かしみながら読み聞かせる。

読めない漢字は、いつの間にか一つもなくなっていた。

「お姉ちゃん、なんで泣いてるの?」

ノアが不思議そうにワタシを見ていた。

「泣いてばかりいると、幸せまで流れていっちゃうよ」

「そうね。気を付けるわ」

ワタシは指先で涙を拭う。泣いている理由は自分でもよく分からなかった。

「ねえ、ノアは今幸せ？」

「うーん、まあ、幸せかな。お姉《ねえ》ちゃんいるし」

「……ノア」

「たまに怒ると怖いけど」

「……ノア？」

じとっと見つめるとノアはくすりと笑う。

「でも、お母さんはいつも苦しそう」

それからノアは少しだけ表情を暗くした。

「ずっと一人で、なにかと戦ってる気がする。助けてあげたいけど、病気の僕じゃ難しそう。だからさ、代わりにお姉ちゃんが助けてあげて」

そう言いながらノアは、さっき読んだ本を手に取る。

「いつかこの本の主人公みたいになるんでしょ？」

「……ええ、そういう約束だったわね」

ワタシはノアから本を受け取って、ゆっくり立ち上がる。

「でもね、ノア。実は、ワタシはもうエージェントになってるの」

だから、任せて。

ワタシが笑いかけるとノアは少し驚いた顔をして、でもその後大きく頷《うなず》いた。

それを見届けて、ワタシは部屋のドアを開ける。

光が差し、幻想の結界は破られた。

二色の空が浮かぶ管制塔。アベルはまた背を向けて、《システム》からアカシックレコードを抽出する作業に勤《いそ》しんでいた。

「世界は理想通りになんてならない。でもそれを目指してもがくことに意味がある」

ワタシが言うと、アベルは一瞬動きを止めた。

「最初から完成された理想なんて意味がない。そんなのは——偽物だ！」

ワタシは腕に抱えたマシンガンを躊躇《ためら》うことなくぶっ放す。今、ワタシの周りは大量の銃火器で溢《あふ》れている。ワタシの《意志》による具現化だった。

「いい攻撃だ。さしずめ《闘争の意志》かな」

バリアが破れる。だがそれはたった一枚——アベルを覆う何層にも重なった防御壁は、すぐに銃弾を弾《はじ》き返してきた。

「負けて、たまるか……ッ！」

出現した筒状の大砲。ワタシがなにかをするまでもない。砲弾は自動的に発射されていく。まるで武器そのものが《意志》を持ったかのように。ワタシの周囲、宙に浮いた他の銃器も一斉に攻撃を開始する。

激しい銃撃音、硝煙の匂い。半透明の防御壁に銃弾の雨が降り注ぎ、その度に色のついた光線が迸《ほとばし》る。一枚、二枚、三枚とバリアを破り——そこで一度、銃撃が止《や》んだ。

「っ、弾切れ？　なんで」

ワタシの《意志》が途切れない限り武器は無尽蔵のはずだった。

「いいや、終わりは必ず来る」

その時、破れていた防御壁の穴が塞がり始めた。

「人の《意志》には限界がある。だが僕の《暗号》《コード》は永遠だ。どれだけ強い感情も、規定されたプログラムの前にはいつか折れる」

「っ、でもそのプログラムを管理するのは人間のアナタでしょ！」

だったらいつかミスも起こる。そしてそんな人間が、新世界の管理者になんてなれるはずがない。

銃器を諦め、ワタシは残った《意志》で生成したサーベルを握って走り出す。紅髪の暗殺者の教えを借りて、ありったけの殺意を込めて振るった武器は——

「僕はプログラムだ。それ以上でも以下でもない」

——届かない。目の前に見えているのに。すぐそこに巨悪はいるのに。あと一枚、アベルを覆う半透明の防御壁を破ることはできなかった。

「君の《意志》では僕の《暗号》には敵《かな》わない」

利那、見えない衝撃が全身を襲った。

声を出すことすらできず、ワタシは遥《はる》か後方に吹き飛ばされる。もはやこの空間にあって、なにが起きたのかその現象を正しく理解するのは困難だった。

「……っ、は……あ……」

ようやく呻《うめ》き声《ごえ》だけ上げられた。身体《からだ》が嘘《うそ》みたいに冷たい。震えているというよりは痙《けい》攣《れん》に近い。どこが折れたのか、潰れたのか。痛みと苦しさで気を失いそうだった。

「早く捨てなさい、《闘争の意志》を」

うるさい耳鳴りの中、その声だけは明瞭に聞こえてくる。

「君がそれを捨てない限り、その苦しみからは逃れられない。先程《救済のコード》を君に与えた。《闘争の意志》を捨てた瞬間、君は楽になれる。一瞬で死ぬことができる」

優しく、柔らかい声だった。

「もう、頑張らなくていい。君は十分戦った。理想を目指し、運命に挑んだ。ここから先はただ救われるのを待てばいい。僕がすぐに連れていく。憎しみも悲しみもない新たな世界に連れていく。そこに君の家族は待っている」

もう、目は見えなかった。身体は冷たくなり過ぎてほとんど感覚がない。これまで想像してきたどんな死の瞬間よりも、痛く、冷たく、苦しかった。

「……ワタ、シ……は」

声になっているかは分からない。自分の声すらも聞こえない。

ただ、ワタシの《意志》はなにかを喋《しゃべ》った。

「……ワ……タ、シは……苦、しみ……たい……」

そうだ。ワタシは苦しみたかった。

憎みたかった。悲しみたかった。その先にしかないものがあるはずだったから。あると信じて、使命のために生き続けた十九年間だったから。だから。

「……簡、単に……手、に……入る、も、の……なんて、い……ら、ない」

それなら、手に入らない方がマシだった。

ワタシは手を伸ばす。

助けを求めるためじゃない。戦うために。武器を手に取るために手を伸ばす。

意志なんかじゃない、意地だった。

「……ワタ、シ……は、戦う」

指先に固いものが触れた。見えなくても分かる。マスケット銃だった。

「ワタシは……ッ、叶《かな》わない理想のために戦う……！」

　銃身を掴《つか》んだワタシの右手に、誰かの手が重なった。

◇Side FubiⅢ

「まだ、迷っているみたいだね」

　差し出されたライアンの右手を、アタシはすぐには掴まなかった。まだこの右手には、拳銃が握られたままだった。

　じゃあ、もし今この手に銃がなかったら？　アタシはライアンの語る正義をすぐに受け入れていただろうか。アカシックレコードを火種とする戦争を起こし、アタシたちの手で新たな世界地図を描くというその計画を。

「風靡《ふうび》、君に観《み》てもらいたいものがあるんだ」

　その時、一瞬で辺りが真っ暗になった。次いで、大きな長方形の光が浮かぶ。まるで映画のスクリーン。アタシとライアンはその観客だった。

「なんだ、これは」

「《システム》が作動しているんだ。ここでなら僕らの《意志》も、アベルの《暗号《コード》》に倣った力を発揮できる」

　かくして映画は始まった。

スクリーンには、スーツを着た五人の男が円卓を囲んで談笑する様が映っている。国籍はバラバラ。古い顔ぶれだが全員どこかで見たことはある。時の国家元首たちだった。

「彼らは笑いながらなにを話していると思う?」

ライアンが訊《き》いた。五人の国家元首の後ろには五本の国旗が立っている。

「近頃、彼らが植民地にした国の土地や資源をどう分け合うかの会議をしているんだ。まるでケーキの綺麗《きれい》な分け方を話し合っているかのように」

あまりに愚かだ、とライアンは言った。

「彼らは自国の利益を優先するがゆえにこうなった。だから僕はさらにその上に立つ。あくまでも客観的に。俯瞰《ふかん》で世界地図を眺め、正しく国境線を引き直す。僕らがこの世界を正義に導くんだ、風靡《ふうび》」

ライアンの声に熱が帯びる。

いつの間にか空はあの二色に戻っていて、映画はもう終わっていた。

「一つ、思い出したことがある」

アタシはライアンに返事をする前に、ここへ来る途中にした昔話を持ち出した。

「昔、《連邦政府》の指示でとある若き清廉な政治家を暗殺しようとした時、アタシは一瞬だけ躊躇《ためら》ったんだ」

当時はまだ《暗殺者》という役職に就いて日が浅かったアタシは、今以上に正義のあり方に揺れていた。かの政治家は、アタシが向けた銃口に目を見張っていた。

「だが彼はすぐに自らの失態を悟った。恐らく自分がしようとしていた告発は、なんらかの理由で国益にならないのだろうと。そしてアタシの逡巡《しゅんじゅん》を見抜いてこう言った。自分が死ぬことが国民を救うことに繋《つな》がるのならば、どうか引き金を引いてくれと」

あの若き政治家にはそこまでの覚悟があった。民を思う気持ちがあった。だからこそ、最後まで己の正義を貫き通すことができた。

「でもライアン。お前やアベルのやり方では上手《うま》くいかない。人を見ずに地図だけを見るやり方では、いつか必ず破綻する」

ライアンは一瞬目を丸くすると、いつものように微笑《ほほえ》んだ。

「地図ではなく人を見ろ、か。まさか風靡、君がそんなことを言うようになるなんてね」

「アタシがそれを実行できているかではなく、アタシもお前も間違えているという話だ」

だからアタシは《暗殺者》をやっている。間違いだと分かり切っている正義の味方を。

「なるほど。それはつまり？」

「交渉決裂ということだ」

引き金を引いたのはほぼ同時だった。

互いに撃った銃弾は、それぞれの得物を撃ち落とす。拾い上げる時間はない。駆け出し一気に敵との間合いを詰める。わずかに反応が遅れた相手に回し蹴りを浴びせた。

「さすがは風靡《ふうび》だ」

ライアンは地面に引《ひ》き摺《ず》られるように大きく後退しながら、すっと目を細める。

「恐らくは普段から《意志》の力を使いこなしている。どこで誰に習った？」

「お前に教える義理はない」

そんなに知りたければとっておきのボトルでも持って、世界中の隠れ家バーを巡ってみるといい。運が良ければ会えるだろうさ。

「それよりも、お前のタフさの方が異常だ。アタシはさっき殺すつもりで蹴ったぞ？」

なのになぜこいつは普通に立っていられる。喋《しゃべ》って、微笑を浮かべていられる。

「はは、酷《ひど》いな。婚約者を蹴り殺そうとするなんて」

「──ぬかせ」

アタシは拳を振り抜き、蹴りを突き刺す。刃物より鋭く、銃弾より速いスピードで。確かに打撃は当たっている。だがダメージを与えられている感覚はなかった。

「ああ、感じるよ。強い殺意の衝動を。《破壊の意志》といったところかな」

ライアンはアタシの攻撃を避《よ》けることなくその身に受けながら口を開く。

「確かな資質を持ち、強い使命感と鍛錬により《意志》を磨き上げ、特別な異能を持たないながらも《調律者》の中で指折りの実力者になった。──でもね、風靡。どんなに強固な《意志》も、無限の《暗号》《コード》には敵《かな》わない」

紫色の光が目の前を過《よ》ぎった。

「――ッ！」

身体《からだ》を捻《ひね》ってそれを避ける。が、右肩をその光がわずかに掠《かす》めた。焦げた臭い。ライアン・ホワイトはレーザー剣のような武器を握っていた。

「そうか、ライアン。アタシは勘違いしていた」

お前はアベルと手を組んだんじゃない。対等でもなければ右腕でもない。

「お前はただ、巨悪に魂を売ったんだ」

なら、もうお前と同じ舞台に立ってやる必要もない。アタシもこの特別な空間の力を利用させてもらう。《意志》によって出力した機関銃で、ライアンに弾薬を浴びせた。

荒野の土が舞い、黒い煙が上がる。やがて静寂の中、煙が晴れて人影が現れる――純白の鎧《よろい》を装着したライアン・ホワイト。頭部の兜《かぶと》は一部が欠けている。そこから露出した片《かた》眼《め》は鬼のように赤黒く変色していた。

「いい格好になったな」

アタシもこのままでは戦えまい。一瞬で身なりを変え、日本刀を構えた。

「サムライのようだな。君らしい」

ライアンが姿を消す。一秒後、鍔《つば》迫《ぜ》り合《あ》いが起こった。禍々《まがまが》しい光を放つライアンの剣に押され、刀を握る腕が激しく軋《きし》む。

「鬼になっても喋《しゃべ》れるか。ライアン、目を覚ませ」

「目を覚ますのは君の方だ、風靡《ふうび》」

圧倒的な膂力《りょりょく》で押し切られる。アタシは後ろに転がり、しかし即座に追い打ちを掛けてきたライアンの剣を、どうにか生成した間に合わせの刀で防ぐ。

「風靡、今この世界が間違っていることは君にも分かるはずだ」

「そうだな。貧困も暴力も飢餓も戦争も、《世界の危機》も終わっていない」

「ならば、なぜ変えようとしない？　僕と君はこれまで同じような体験を幾度となくしてきた。にもかかわらず、なぜ結論が違う？」

振り下ろされた剣は刀をへし折り、アタシは身を投げ出してそれを躱《かわ》す。敵の武器は大地を割っていた。

「僕たちの――俺たちの父親は、こんな世界を守るために命を落としたわけじゃない！」

ああ、そうか。結局はそこか。

ライアン、お前もそこに囚《とら》われているのか。

「間違っている。この世界は間違っている！　政府高官を庇《かば》って殉職し、にもかかわらずテロリズムを助長させぬためにとその報道すら揉《も》み消《け》した――父の存在をなかったことにしたこんな世界は、俺がこの手で作り替える！」

気付くと、アタシは吊るされていた。

「分かるまで言い聞かせよう、風靡」

処刑台のような場所に立たされたアタシの手足には頑丈な鉄の器具。並の《意志》では解ける気がしない。

ライアンは離れた場所から剣を振るう。紫色の光を発した剣はまるで鞭《むち》のように伸び、アタシの身体《からだ》を激しく打った。すでにライアンの行動は、アベルのコードに乗っ取られているようにさえ見えた。

「なぜ分からない、なぜ約束を守らない！　あの日誓ったはずだ。俺たちは、俺たちの偉大な父が夢見た理想の世界を、その遺志を継いで守るのだと！」

ああ、そうだ。きっとアタシたちは証明したかったのだ。アタシたちの父は、こんな素晴らしい世界を守って死んでいったのだと。そう胸を張って言える日を待ち望んでいた。

でもその理想は打ち砕かれた。この世界は正しくもなんともなかった。そのことにアタシもライアンも気付いてしまった。だけどアタシはそんな世界でも守ろうとした。ライアンはそんな世界を新たに作り替えようとした。

両者に違いがあったとすれば、その差はなんだったのだろうか？——ふと、ある一人の存在が頭に浮かんだ。

「おかしな女がいたんだ」

アタシの独り言は聞こえなかったのか、鞭による攻撃は続いた。

そのうち髪留めが外れ、紅色が風に靡《なび》く。

「知力と武力を兼ね備え、まだ未完成ながらも正義の味方としての資質は十二分。なにより強い使命感を持っていた」

名探偵の意志なら、生まれた時から遺伝子に刻まれているとまで言って。

「でもそいつは、仲間のために命を捧《ささ》げられる強さもまた持っていた。《意志》を《遺志》に変え、己のすべてを隣人に託せる強さを――」

――だから、そうか。アタシは。

「上に立つ必要なんて、なかったんだ」

顔面に迫っていた紫色の光が消え、剣は鞭《むち》のように向こうに縮んでいく。

ライアン・ホワイトはアタシの解答を待っていた。

「上から世界地図を見下ろすんじゃない。アタシたちは隣人の明日を守るために、地図の中で戦い続けなければならない！」

それがアタシたち《調律者》のあるべき姿のはずだった。

「そうか。ならば最期の一瞬までその最前線に立ち己の使命を果たせ。名も残らぬ正義の使者よ」

ライアンの剣に禍々《まがまが》しい紫色の炎が灯《とも》る。啖呵《たんか》を切っておきながら身体《からだ》は動かない。アタシの《意志》ではアベルの《暗号《コード》》を破れなかった。

「当然か」

まだ付け焼き刃の正義だ。ようやく悟った答えだ。

だが、すでにこの《意志》は誰かに引き継がれている。ならばそれでいい。伸びた剣の切っ先が迫った。避《よ》ける気はない。最後まで目は開けたままでいた。

「奇遇ね。あたしもその女の子に影響を受けて正義の味方をやってるの」

剣が止まった。処刑台の下には一人の女が立っていた。

「その剣では、あたしたちの誇りは壊せない」

刹那、プログラムが破壊されたように敵の剣はバラバラに砕け散った。ライアンはなにが起きたのかと赤黒く染まった目を見開き、だが直後、怨嗟《えんさ》を込めて叫んだ。

「《名探偵》……ッ！」

夏凪渚《なつなぎなぎさ》がそこにいた。

「おっと、大丈夫？」

いつの間にか処刑台は消えており、アタシは夏凪に抱き止められる形になった。手足の拘束具も消えている。

「なぜお前がここに？　そしてその格好はなんだ？」

夏凪渚《なつなぎなぎさ》は、夏用のセーラー服を身につけていた。高校は卒業したと聞いていたが。

「い、色んな事情があって……。それよりも今は」

そう言っているそばから、虚空に小さな球体が幾つも浮かんだ。それらはぐるりと回転しながら紫色に発光すると、一気に光線を放射する。

「っ、伏せるぞ！」

「ううん、当たらないよ」

しかし夏凪は微動だにしない。十数本に及ぶ紫色の光線はアタシたちを襲う直前、見えない防御壁に阻まれたようにでたらめなベクトルに反射した。

「夏凪渚、お前は一体……」

「あたしは、今の自分が正義の味方として十分だとは思ってない」

この状況にあって、夏凪は敵の攻撃を意に介さずアタシに話しかける。

「あなたが、あたしをそこまで認めてないことも知ってる。──でも、あたしは足掻《あが》く。この、ままならない世界で、必ずしも理想が叶《かな》わない世界で、それでも背筋を伸ばして進んでいく。精一杯、顔を上げてさ！」

笑顔を残し、夏凪渚はライアン・ホワイトのもとへ歩いていく。レーザー光線の雨が降り注ぐ。だが彼女に当たる直前で、やはりそのベクトルは捻《ね》じ曲がった。

「ライアン・ホワイト。あんたも、最初はそのはずだったんだよね」

「黙れ……！」

ライアンが叫ぶと、発光体そのものが夏凪に突撃する。巻き起こる激しい爆発。だが数秒後、黒煙の中からは無傷の名探偵が出てくる。

「世界中を巡って、正義のために戦って、理不尽を知って――知り過ぎて。同じ地面に立っていられなくなった」

轟音《ごうおん》と共に地面が割れる。

ライアンの背後に、翼を纏った巨大な球体が出現した。

「でもさ、本当は大丈夫だったんだよ。この世界には、正義を信じる人間はあんた以外にも沢山いる。もっと、信頼してよかったんだ」

翼を前に畳んだ球体は、その中心に紫色に光るエネルギーを蓄積し始める。

なにが起こるかは明白だ。アタシは思わず探偵の名を叫んだ。

「大丈夫。あたしたちは誰も負けない」

発射された巨大なレーザー光線。衝撃波が荒野を襲い砂塵《さじん》を巻き起こす。

探偵が残した防御壁がなければ、アタシも無事ではなかっただろう。

そして煙が晴れ――そこには夏凪渚が毅然《きぜん》と立っている。

「ああ、そうか。お前は」

ここは《意志》の強さがすべてを司《つかさど》る世界。

だとすればこの場において、《激情》を抱く彼女は誰よりも強い。

「これが名探偵の意志――」

――いや、遺志の力か。

「黙れ。黙れ、黙れ、黙れ……ッ！」

目の前の現実を否定するようにライアン・ホワイトは咆吼し、前傾姿勢で剣を構えた。

「俺がやる。俺がこの世界を完璧に管理してみせる！」

「あんたがやろうとしてるのは管理じゃない。支配だ」

探偵の言葉を受けて、正義の鬼と化したライアンの身体《からだ》は純白の炎で燃え上がる。そして数メートルに伸びた巨大な太刀を抱え、跳んだ。

「借りるよ、ヘル」

夏凪渚《なつなぎなぎさ》が小声で零《こぼ》す。その身に纏《まと》ったのはツバメ色の軍服だった。

「あああああああああああああああああああああ……！」

ライアン・ホワイトが叫び、消える。

同時に夏凪渚も姿を消した。刹那、激しい金属音が鳴り――決着がつく。

倒れた純白の正義の隣、凛《りん》と立つ名探偵の右手には紅《あか》い宝剣が輝いていた。

◇Side Charlotte Ⅳ

地面を這《は》うようにマスケット銃に伸ばしたワタシの手に、誰かの手が重なった。

思わずワタシはその人物を見上げる。

「どうして、アナタが……」

それは、ここにいるはずのない人だった。

いつものように無個性なセットアップを着ていて、いつものように妙に達観した顔をしている。そのくせ皮肉屋で、神経質で、普段はあまり頼《たよ》り甲斐《がい》がなくて、でも肝心な時には必ず奇跡を起こすような、そんな人。

「キミヅカ」

そんな――ワタシの大嫌いな人。

「どうした、俺に会いたかったか?」

キミヅカはワタシの手を取って、ゆっくり身体《からだ》を起こしてくれる。

「……別に。どうせアナタのことだもの。すぐに目覚めると思ってた」

嘘《うそ》。驚き過ぎてちょっと心臓が飛び出そう。

「なんだ。珍しくシャルも心配してくれるかと思ったんだけどな」

からっと笑う彼の肩を借りてワタシはゆっくり立ち上がる。立ち上がれる。あれだけ苦しかった身体はなぜか楽になっていた。

一体誰のおかげなのか。ワタシは隣に立つ青年を見つめる。けれど彼はもう遠くの敵に意識を割いていた。

「――アベル、また会ったな」

「――特異点、《喪失のコード》を書き換えるとは」

やはりアベルにとってもこれは想定外のことだったらしい。キミヅカはどうやってあの状態を……症状を克服したのか。

「どうやら俺のことが好きで好きでたまらない人間が救ってくれたらしくてな」

キミヅカは少しおどけた調子でワタシに言う。

一人の顔が思い浮かぶ。キミヅカがこんなことを言っていたと後で知ったら、真っ赤になって怒るに違いない女の子の顔が。

「でも、ここまではどうやって来たの？」

キミヅカが奇跡的に回復したとして、そこからどういうアプローチでこの場所に辿《たど》り着いたのか。ワタシと同じように誰かと交渉をしたのか。多分ここは日本なんかじゃないはずだけれど……。

「そもそも俺の実体はここにはないんだ」

まったく予期していないことを平然と言った。

「ちょっと待って。え、まさかキミヅカ死んでるの!? 幽霊!?」

「シャル、やっぱりお前はちゃんとバカなんだな」

「ちゃんとバカってなによ、ちゃんとバカって!」

結構今回は頭使えたと思ったのに……。

「今ここで喋《しゃべ》っているのは俺の意識だけってことだ。実際の肉体はここじゃない、別の場所にある」

「……それを可能にしてるのが、あの《システム》ってこと?」

ワタシたちが生きる世界の森羅万象に外部から干渉し、物理法則すらも掻《か》き乱《みだ》すプログラム。けれど宙に浮かんだ逆三角錐《さんかくすい》のモニュメントは今、不具合を起こしているかのように光を点滅させていた。

もしかすると《特異点》による鍵を失ったがゆえに、なにか問題が生じているのか。アベルは背を向け、《システム》に向かって手を動かす。

「じゃあ、キミヅカの実際の身体《からだ》は……」

「ああ、まだ病院にいるはずだ」

アベルが手を離せない間にキミヅカは続ける。

「今日病院で目覚めてすぐ、病室に一枚の扉が現れた。そこがどこに通じているか、俺には感覚的に分かった」

──扉。それは以前、ナギサも口にしていた言葉だ。アベルはキミヅカに《喪失のコード》を与えた後、その扉を潜《くぐ》ってどこかへ消えたと。もしかするとキミヅカの《特異点》としての性質を奪ったからこそ、その扉は出現したのかもしれない。

であれば恐らく、今日キミヅカの前に現れた扉というのもそれと同じはずだ。ナギサの呼びかけによってキミヅカは《喪失のコード》を覆し、《特異点》の性質を取り戻した。

この管制塔がある場所へ導く扉──それを開く鍵はキミヅカ自身だった。

「だから今、すべてを知った状態でアナタはここに来たのね」

「ああ、さすがに扉を通って身体ごと瞬間移動とはいかなかったみたいだけどな」

それでもキミヅカの意識だけは……《意志》だけは、来てくれた。

自惚《うぬぼ》れでなければ、ワタシを助けるために。

「さて、そろそろお前にも俺の話に付き合ってもらおうか」

するとキミヅカは、《システム》に向かい合っているアベルに声をかけた。

「まさかあんたがアベルだったとはな。守屋《もりや》教授」

それを聞いて敵は一瞬動きを止めた。

「知り合い、なの？」

確かに日本人の顔だとは思っていたけれど、まさか。

「ああ、俺の通ってる大学の教授だ」

ということは、ナギサもあの男を知っている？

ワタシたちが睨《にら》みを利かせていると、アベルはゆっくりと振り返った。

「まさか、と言う割にはそこまで驚いていないみたいだね」

「あんたのコードが俺に侵入して来た時点で、無意識にその事実を理解していたらしい。だから今はもう驚き終わっているところだ」

キミヅカは達観した、というよりは呆《あき》れた様子でアベルを見つめる。

「大学教授はあくまでも仮の姿か？」

「何度も言うように、僕はプログラムだ。そして幾つもある分身の姿として守屋という役を設定した。《特異点》をそばで見守り、物語を進めるオブザーバーとしてね」

だから本来アベルという存在は顔を持たない、と敵は言う。あの包帯でぐるぐるに巻かれた顔をふいに思い出した。

「理想が潰《つい》える覚悟はして来たかな？」

「ああ、この前あんたに言われた通りな」

キミヅカは黒塗りの銃を手にする。彼の《意志》が生んだ武器だった。

「やはり、再度《システム》に侵入するには君が必要らしい」

するとアベルがすっと右腕を伸ばした。

「っ、気を付けて！　敵はまた《暗号《コード》》を使ってキミヅカを鍵に……！」

「いや、無理なはずだ。今すぐには」

けれど、なぜかキミヅカは動じなかった。

「アベル、お前の能力には制限がある」

なにか確信を持っているように、アベルの《喪失のコード》をまるで恐れない。

「もしお前が本当に《暗号》を使って世界中の物理法則なんかを自在に書き換えられるとしたら、もっと早くに俺たちから多くのものを奪えたはずだ。殺せたはずだ。だがそれをしなかったということは、《暗号》を書くにはそれなりの準備が必要ってことだ」

アベルは動かない。いや、動けない。

それはキミヅカの仮説を裏付ける傍証《ぼうしょう》のようだった。

「俺の《特異点》という性質が無意識的にかつ即座に発動するものだとすれば、お前の《暗号》の力は意識的に発動できる代わりに時間を要する。特に対象が俺みたいに面倒な相手だと書き換えるべきプログラムが多く、コードはより煩雑になる。違うか？」

……そうか。これまでアベルが《特異点》を欲しながらも、あえて遠回りをしていたのはそうせざるを得なかったから。いきなり《特異点》のプログラムは書き換えられない。だからまずはその周囲の登場人物たちへの干渉を始めたんだ。

「じゃあ、アベルが再度キミヅカへ《喪失のコード》を与えるには時間がかかる……！」

「ああ、というわけでお返しだ」

キミヅカがそう言った次の瞬間、灰色の巨大なキューブが出現した。それはアベルを覆い隠し、瞬く間に小さくなると消えてなくなった。

「――なに、今の？」

あのアベルを一瞬で？　そんな、バカな……。

「安心するのは早いけどな。そのうち、プログラムを解いて出てくるはずだ」

「一時的にどこかへ拘束したってこと？」

「ああ。《特異点》は、鍵を開けるだけじゃなくて閉めることもできたらしい」

キミヅカはまるでなんでもないことかのように言うと、ふと空を見上げた。

「だけど、敵はまだいる」

巨大な逆三角錐《さんかくすい》のモニュメント。《システム》が紫色に光った。

「っ、防御プログラムが！」

「どうやら俺たちはこの場を荒らす異物と判断されたらしいな」

刹那、《システム》から光線が発射された。

避《よ》ける時間はない。頭部を守るので精一杯だった。——けれど。

「やっぱりすごいな、あいつの《言霊《ことだま》》は」

光線はワタシたちに当たる直前、見えない壁に弾《はじ》かれるように反射した。

「ああ、そっか」

あの子も、近くに来てくれてるんだ。

きっと間違いない。彼女はこの先、世界を守る盾であり続ける。

「シャル、これを」

すると《システム》による攻撃が続く中、キミヅカがなにかをワタシに見せた。

それは一枚の裏返された写真だった。

「一緒に有坂梢《ありさかこずえ》のもとへ行った日、例の地図を保管してある鍵を貰《もら》っただろ？　これはその金庫に入っていたものだ。俺も倒れた後、探偵に回収してもらってたんだ」

ナギサがこれを……。そうだ、結局ワタシはアベルのコードで気を失ったせいで、金庫を開けられないままだったんだ。

「でも、金庫の中身は地図じゃなかったの？」

代わりに入っていたのがこの写真一枚？　不思議に思いながら裏表をひっくり返す。

それは家族写真だった。

ワタシとノア、そして両親。合わせて四人が、昔住んでいた家の前で写っている。

「こんな写真、あったんだ」

父親はまだ一歳のノアを抱いていて、そして母親はワタシの手を握っている。ワタシは彼女を見上げていて、彼女は空いた手でワタシに前を向きなさいと指をさしている。

微笑《ほほえ》みながら、指をさしている。

「ああ」

こんな写真が、あったんだ。

「ああ、ああ、あああ……」

あったんだ。ワタシたちにも、ほんの一時だとしても、家族の瞬間があったんだ。

「っ、あああ、ああああああっ、ああああああああああっ……！」

ダメなのに。今ここは戦場なのに。

どうしたって涙が溢《あふ》れてくる。皺《しわ》くちゃの写真が滲《にじ》んでいく。

「シャル」

思わず彼の胸に額を預けた。

「シャル、俺とお前は別に仲良くなんてない。どんな特別な関係も結んでない。悪友でもなければライバルでもない。他にも色々考えたが思いつかなかった。……だけど、だからこそ俺たちはどんな関係になったっていい。年に一度ぐらいは犬猿の仲を忘れてもいい。その日、その一瞬だけ、俺たちは新しい関係を結んでも許される」

シャーロット、とむかつくほどに優しい声で彼はワタシの名前を呼ぶ。

「俺は今、お前のためになにができる?」

ワタシが今したいこと。やるべきこと。彼にやってほしいこと。

これまでの関係、交わしてきた言葉、散々ついてきた悪態——今だけすべて忘れる。

誰にも見られてない、誰にも知られない。

今から交わす言葉はワタシたちだけしか知らないし、ワタシたちだって明日には忘れる。

だったら。

「ワタシはアナタのことが嫌い! 大嫌い!」

いつかと同じようにワタシは言う。

いつかと違って彼の胸の中で言う。

「だからこんなことは絶対に言いたくないし、言う日が来るだなんて思わなかった」

きっと明日のワタシも信じない。

昨日のワタシがこんなことを言っただなんて、あれは夢だと笑い飛ばすに違いない。

——でも、今は。今だけは。

「アナタと一緒なら、なんだってできる気がする。

だからお願い。手を握って——一緒に戦って」

温かい体温がワタシの手を包んだ。

それからワタシたちはゆっくり下ろした手を繋《つな》いだまま、遠くに浮かぶ逆三角錐《さんかくすい》のモニュメントを見つめる。

「有坂梢《ありさかこずえ》を苦しめていたものはあれなんだ」

ワタシが今やるべきことは、ただ一つに決まった。

「ああ、俺たちは……俺たちの明日を自分で決める。この《意志》で決める。プログラムになんて支配されない」

繋いでいた手を解《ほど》き、ワタシたちは武器を構える。なんだか、どこかで見たことあるようなよく似たお揃《そろ》いのマスケット銃だった。考えることは同じらしい。

「キミヅカ」

「どうした」

ワタシたちの伸ばした腕が一直線に重なり、銃口は《システム》へ――いや、その中枢へ向けられる。きっとそこにあるアカシックレコードへと。

「ちょっとカッコつけ過ぎね」

「やれ、理不尽だ」

たった二発の銃弾は、それでも確かな正義の意志を纏《まと》って世界の仕組みに一撃を与えた。

◇ Side Fubi Ⅳ

勝負のついた戦場。倒れたのは純白の正義、立っているのは名探偵。《システム》によって変化していた両者の姿は今、元に戻っていた。

やがて勝者である夏凪《なつなぎ》がこちらに向かって歩いてくる。

どうやってここへ来たのか。探偵が今ここにいるということは、彼女の相棒たるあの青年はどうなったのか。それらを訊《き》くのはすでに野暮《やぼ》だった。

しばし無言で向かい合う。

アタシがこいつに会ったのは今から二年以上前。

当時ヘルという人格に支配されていた夏凪渚《なぎさ》は《白昼夢》の心臓が左胸に収められたことをきっかけに自我を取り戻した。アタシはその後《白昼夢》から事前に依頼されていた通り、夏凪渚を遠くから保護し、観察し続けていた。

その過程でアタシはこう思っていた。この子は危うい。まずなによりも——弱い。肉体的にも精神的にも、あまりに弱すぎる。夏凪渚では《白昼夢》の代わりにはならない。《名探偵》の遺志は継げない。

ならばそれでいいと割り切った。

中途半端にこの世界に関わられるぐらいなら、遠い世界で普通の女子高生でもやっているべきだと思った。それが己の心臓を捧《ささ》げて彼女を救った《白昼夢》の願いでもあった。だからアタシは夏凪渚《なつなぎなぎさ》を一般人に戻した。

……それでも。それでも、裏から手配して彼女をあの高校に通わせたのは、ほんの一縷《いちる》の望みを捨てていなかったからだった。あの《特異点》の少年と同じ場所に向かわせたのは、《名探偵》の遺志を諦めたくなかったからだった。

やがて二人は出会った。出会い直した。そうしてアタシのもとへ現れ、こんな依頼をしてきた——左胸にある心臓の持ち主を探してほしいと。探偵の《遺志》は、《激情》に形を変えて戻ってきた。

だがそれからも言うまでもなく、衝突はした。まだ甘さも弱さも残っていた彼女に、遺志とやらが世界のなんの役に立つのかと啖呵《たんか》を切り、刃《やいば》を振るおうともした。

それに精神が強くなろうと、肉体が追いつかなければ意味がない。どんな強靭《きょうじん》な《意志》も、それに耐えうる器がなければ力を発揮できない。事実、夏凪渚は一度死んだ。燃え盛る己の《激情》に潰され灰になった。

アタシはその時になって初めて彼女の評価を覆した。夏凪渚は本物の《名探偵》であったと、そう認めた。それが使命を果たし終えた者へのせめてもの敬意だと思ったからだった。しかし、夏凪渚は帰ってきた。激情の灯火《ともしび》は消えていなかった。

かつてのもう一人の自分の戦い方を身につけ、元々素質のあった《言霊《ことだま》》の能力も育て上げた。そうして敵と戦い、危機を救い、無意識にも探偵の《意志》を磨き上げ――今、こうして夏凪渚はアタシの前に立っている。

アタシが言うべきことは、一つしかなかった。

「強くなったな」

風が吹き、髪が乱れる。その向こうで夏凪渚はわずかに目を丸くしていた。

競っていたわけでもない。意地を張っていたつもりもない。

ただ、アタシは敗北を認めた。

《暗殺者》は今日、確かに《名探偵》に救われたのだ。

「そっか。……へへ、握手でもしとく?」

「調子に乗るな」

アタシたちは軽く、低い位置でタッチを交わした。

「でも、お互い様。きっとまた、あたしもあなたを頼るから」

「《連邦憲章》違反でクビになるぞ」

「あー、《調律者》同士が結託するのは御法度《ごはっと》なんだっけ？　まあ、そのルールも最近は形骸化してる気もするけど」

夏凪《なつなぎ》は苦笑しながら「じゃあ、これならどう?」と次なる提案をする。

「ただの探偵と警察官として。それならいいでしょ?」

「屁理屈《へりくつ》が上手《うま》くなったな。……まあ、考えておく」

果たして明日、アタシが警察官をやっているかどうかは分からないが。

と、そんなことを考えていた時だった。

「揺れてるな」

地面が、というよりは。この世界全体が揺らいでいる。そして。

「夏凪、お前。その身体《からだ》は……」

目の前に立つ探偵の身体が、徐々に透明になっていく。これは、まさか。

「そっか。君塚《きみづか》たちが壊したんだ。アカシックレコードを」

夏凪が二色の空を見上げながら呟《つぶや》く。

やはりあいつも来ていたか。そして君塚「たち」ということは、もう一人はシャーロットか。どうやら二人して、とんでもないことをやってのけたらしい。

「アカシックレコードが壊れ、《システム》全体に異常が生じている、と。それで《意志》だけでここに来ていたお前は、存在が揺らぎ始めている」

「うん、そうみたい。実際のあたしの身体は今、君塚の病室にいるから」

なるほど、生身で来ていたアタシとは違ったか。

だとするとアタシはここから自力で脱出しなければならないわけだ。果たして《黒服》はこんな世界の最果てにまで迎えに来てくれるものだろうか。

「待ってるから！」

すでに下半身が消えている夏凪が強く訴える。

「この世界を守るのにあなたの力は絶対に必要だから。……だから、先に帰って向こうで待ってるから！」

「ああ。必ず戻る」

アタシが頷《うなず》くと、夏凪は少しだけ安心したように微笑《ほほえ》み消えていった。

「さて、どうするか」

まずはこの荒野から、元いた遺跡のような場所へ戻らなければいけないわけだが……どこをどう歩けばいいのか。アタシは一人で考える。

「いや、一人じゃないか」

心理的な意味ではなく、物理的に。まだこの場にはもう一人残っている。ついさっきまで死闘を繰り広げ、そして敗れた正義の鬼が。

そうして視線をそいつに移そうとしたその時。

「――ッ」

唐突に足場が崩れた。

それはやはり《システム》の異常か。

地面というデータが一瞬で消去されたように、足場を失ったアタシは宙に浮いた。それでも消えたのはアタシの足元だけ。まだ手を伸ばせば崖と化した地面にギリギリ——

「厳しいか」

——届いた。地面ではない、人の腕に届いた。

アタシはその腕を掴《つか》み、その腕もアタシを強く引っ張り上げた。

「無事か？」

崖の上。アタシに腕を差し出して救ったそいつは尋ねた。

「……まさか、死にかけのお前にそんなことを言われるとは」

「はは、皮肉が利いていて実に僕たちらしいじゃないか」

ライアン・ホワイト。白い軍服姿に戻ったそいつは、アタシの不満そうな表情を見て笑う。いつものムカつく顔がそこにはあった。

「酷《ひど》い有様だな」

正義の象徴だったはずの男には、大きな傷跡があった。本物の正義の味方によって浴びせられた、消えぬ傷。だが死にはしまい。あの名探偵が殺すはずもない。

「謝罪をするつもりはない」

するとライアンは座ったまま、視線を合わさず口にする。

「僕は、僕の正義を曲げるつもりはない。誰に説得もされない。いつか君たちは理解するだろう、僕が正しかったということを」

そうか。その哲学だけは《暗号《コード》》で操られていなかったか。

なら、それでいい。貫き通してみろ。

「いつでも来い、アタシが何度でも止めてやる」

お前が《世界の敵》になったその時は、それを止めるのが《暗殺者》の使命となるだろう。だから、少なくともその日までは、アタシは——

「——風靡《ふうび》！」

ライアンがアタシに覆《おお》い被《かぶ》さった。

一筋の光が迸《ほとばし》る。熱と焦げた匂い。ライアンの首筋から鮮血が飛び散った。

身を捩《よじ》って振り返る。宙に小さな球体が浮いていた。

「ッ、くそ！」

アタシは唯一持ち込んでいた実銃で発砲。球体を奈落の底に叩《たた》き落とした。

「ライアン！」

首筋を押さえたライアンが、アタシにもたれかかるように倒れ込む。首からは止めどない出血。あの球体が発射した光線が掠《かす》めたのだ。

アタシは服を破り、出血が酷いライアンの首筋を押さえる。「止まれ」と願うがそんな

《意志》を壊れかけの《システム》はもはや認めなかった。

「……世界に選ばれなかったのは、僕の方だったか」

ライアンが自嘲するように呟《つぶや》いた。

「っ、喋《しゃべ》らなくていい」

「本当はここでアベルと落ち合うはずだった」

アタシの言うことは聞かず、ライアンは語り始めた。

「だが、あの男は現れなかった。だから、そう。結局のところ、僕もあの男の駒に過ぎなかったのだろう。もしかすると、今の攻撃も」

……っ、アベルがどこかでコードを？　壊れかけの《システム》を利用して。

「だとすればあの男は、僕以上のやり方でこの世界を管理《しはい》するつもりだ」

「どういうことだ？」

思わずアタシは尋ねた。

「恐らくアベルは今後、《システム》の復元を試みるはずだ。そしてアカシックレコードを進化させる準備を始める。……もしかすると今やこの話は、君たちの仲間の方が詳しいかもしれない。ここを出たら聞くといい」

ああ。元はアベルを捕らえることが《暗殺者》の使命だった。すぐに動き始めよう。

「だが、ここを出るのはアタシ一人じゃない。お前も一緒にだ」

まだお前には訊《き》かなければならないことが山のようにある。

「取り調べは厳しくなるぞ。覚悟しておけ」

「……はは、それは恐ろしいな」

ライアンは少しだけ頰《ほお》を緩め、

「でも、僕はここまでだ」

この先へは行けないと口にする。

「すまなかった、風靡《ふうび》」

「なぜ謝る」

さっきお前自身が言ったばかりだろ。自分の正義は間違えていなかったと。

「僕は君に手を上げた」

「アベルの《暗号《コード》》に操られていただけだ」

「だとすれば尚更《なおさら》だ。僕はこの身を巨悪に窶《やつ》したことを心より恥じる」

僕はもう、君たちのいる世界には戻れない。

アタシの膝に後頭部を置いたまま、ライアンは青くなった唇を動かした。

「阿呆《あほ》か、お前は」

アタシはそんな腑抜《ふぬ》けた男を叱り飛ばす。過ちがあったのならそれを認めて償え。そしてまた正義のために働け。それがお前の使命だろう。生き方だろう。

「だから、こんなところで……」

しかしライアンは首を振った。そして。

「頼めるか？」

なにを、とは言わなかった。

「断る。《暗殺者》の使命は無実の人間を大義のために殺すことだけ。だがお前は罪人──アタシは罪を犯した人間は殺さない。あくまでも法で裁かせる」

「そうか。ならばなおのこと僕を殺せ。そうすれば《連邦憲章》違反で君は《暗殺者》をクビになる。君はそろそろ、使命から解放されるべきだ」

「っ、ふざけるな！　アタシは……！」

「正義の味方をやめろと言うつもりはない。だが君は《暗殺者》には向いていない。君は──優しすぎる」

そんなことはない。何度もこの手は汚してきた。

だから、今更そんなことは。

「すまなかった」

ライアンはか細い声で二度目の謝罪を口にした。

「僕がやるべきだった。初めから僕がそちら側へ行くべきだった。僕と君、表と裏。どちらがどちらの世界を守るのか。あの時、役割を逆にすべきだった」

違う。すべてアタシが決めたことだ。それでいいと思ったことだ。

後悔なんてしていない。これからもアタシは、人を守るために人を殺して――

「風靡《ふうび》」

ライアンの伸ばした血のついた手がアタシの頬《ほお》に触れ、代わりに彼の頬にはアタシの髪の毛が刺さる。

「泣かないでくれ」

アタシの涙が、悲しそうに歪《ゆが》んだライアンの顔に落ちた。

泣いたのは十五年ぶりだった。

「もう子供じゃないんだ。そんなことで心配しなくていい」

「……そうか。そうだったな」

ああ。アタシたちは大人だ。少年少女のために世界を守る、大人なんだ。

「だったら風靡、言っても構わないか？」

いや、もう喋《しゃべ》らなくていい。

アタシがそう口にする前に、ライアンは言い切った。

「君を、愛していた」

身体《からだ》が動きかけた。

でも違う。それは違う。今アタシがやるべきことではなかった。

アタシがやることなら十五年も前に決まっていた。

「ハッ、誰がそんな嘘《うそ》に引っ掛かるか。バカが」

そう言ってアタシは笑った。

するとライアンは驚いたように、もう閉じかけていた目を見開く。だが直後、アタシと同じように笑った。十五年前のあの日、やり残していたことだった。

「ライアン」

しばらく笑い合った後、アタシはその名を呼ぶ。

昔の心残りが一つ消え、次は今の約束を果たす番だった。

「本物の正義がなんなのか。アタシは今回の答えで満足せず、また何度でも問い直す」

「ああ。いつか必ず、争いのなくなった平和な世界を」

アタシは銃を握り締める。もう右手は震えていない。

崩壊しかけた世界に、一発の銃声が鳴った。

【エピローグ】

十一月。すっかり世間は秋めいていて、とっくに衣替えの季節になっている。

にもかかわらず今一つその変化についていけていないのは、俺が少し前、しばらく世界から隔絶されていたからだろう。

アベルに付与された《喪失のコード》、そのせいで俺は三週間以上にわたって意識や五感を喪失していた。その間の記憶はない。なんだか懐かしい誰かと喋《しゃべ》る夢を見たような気はするが、それ以外のことはなにも覚えていない。

それでも俺はとある少女の助けによって目を覚まし、突然現れた謎の扉を潜《くぐ》って、この地球をプログラムで管理しているという管制塔のような場所を見た。そこでシャルと共に再びアベルと戦ったのが、今から一週間ほど前のこと。

それから俺は元の世界（という表現が正しいかは分からないが）に戻り、ようやく日常を取り戻していた。とはいえ、いつ俺が然《しか》るべき機関に糾弾されるかは分からない。俺はあの日――アカシックレコードの破壊を試みた。

アベルに盗み出され悪用されるよりはマシな選択であると、《特異点》としては直感的に判断できたわけだが……《連邦政府》のお偉方がどう審判を下すのかは分からない。今のところ、世界になにか大きな影響が及んでいるようには見えないが。

いずれにせよ事態は大きく動いた。

なんらかの形で《連邦政府》と話し合いの場が持たれるのは確かだろう。その前にというわけでもないが、俺たちは久しぶりに身内でちょっとした集まりを開いていた。

音頭を取ったのは渚《なぎさ》で、名目は俺の快気祝い。

俺の狭いボロ家に、渚やシャルやノーチェスが集まり、斎川《さいかわ》も仕事の合間に少しだけ顔を出してくれた。またミアとリルもビデオ通話ながら参加してくれ、この家史上最も賑《にぎ》やかな夜だった。まあ、どうやら彼女たちには散々な心配と迷惑をかけていたらしく、想像以上に怒られたが。

もう少し優しくしてくれてもいいのでは……と思わないでもなかったが、女性陣の圧に負けてなにも言えなかった。男女比が一対六というのはなかなか厳しい。

と、そんな会も無事ほぼ終わり、家には俺を含めて渚とシャルだけが残っていた。

卓袱台《ちゃぶだい》にはみんなで囲んだ鍋の残り。明らかに入れすぎた〆《しめ》の雑炊が存在感を放っている。嫌な鍋あるあるだった。

「渚、お前大食いだろ。あと全部食べていいぞ」

「デリカシーゼロ男！　君彦《きみひこ》のそういうところ本当嫌い」

渚はぷんぷんと古い擬音がつきそうなほどに怒りながら、鍋の雑炊を綺麗《きれい》に三等分によそう。

「せめて麺にすればよかったな」

「あたしそう言ったじゃん。前の鍋の時も」

「そうだったか？　……ああ、泊まった時か」

大学生になってからというもの、やたら鍋を食べる機会が増えた。

それなりに美味《うま》く手軽に安く済むこともあり、たびたび大学帰りに渚《なぎさ》とスーパーに寄っては材料を買ってこうして鍋を作っているのだ。

「なんかアナタたち、だいぶ爛《ただ》れた大学生活送ってない？」

と、シャルが俺と渚を半眼で睨《にら》む。

「……別になにもないけど。普通に一緒にご飯食べてるだけだし？　どうせ自炊するなら二人分の方が都合いいだけだし？」

「じゃあなんでこの家にナギサの部屋着とかクレンジングオイルが置いてあるのよ」

シャルの追及を受けて渚は無言になり、フーフーと雑炊を冷まし始めた。

余計怪しくなるだろ。ちゃんと弁解してくれよ。

「あーあ。マームに怒られても知らないから」

するとシャルが呆《あき》れたように、でも少しだけ笑いながら渚に忠言する。

――シエスタ。本来であればもう一人、彼女にもここにいてほしかった。今日集まった輪の中で笑っていてほしかった。

「でも、きっともうすぐだ」

シエスタの手術が無事に終わったのは、俺が《喪失のコード》で意識を失っていた時のことだったらしい。シエスタの左胸にある《種》に侵食された心臓を、スティーブンの作った人工心臓と取り替える大手術。

そしてそれは上手《うま》くいった——が、まだシエスタの目は覚めていない。スティーブン曰《いわ》く、新しい心臓の生着には時間がかかり経過観察も必要なため、まだ眠らせた状態のままでいるらしい。

果たしてシエスタが目覚めた時、彼女は昔の彼女のままでいてくれるのか。俺たちのことを覚えてくれているのか。その答えが出るのは、もう少しだけ先になる。

「そういえば、シャル。あれから風靡《ふうび》さんから連絡は？」

俺が訊《き》くとシャルは首を横に振った。

「一度も。そもそも、あの人がワタシに連絡を寄越《よこ》すとも思えないけど」

加瀬《かせ》風靡は、簡単に言えば行方不明になっていた。

一週間前、彼女も確かにあの世界にいた。渚曰く、生身の肉体で。

だがアカシックレコードの破壊後、俺と渚は消えざるを得なかったため、その後の全容を把握できていなかった。なんでもシャルは気付くと《ミゾエフ連邦》の大使館にいたらしい。恐らくは政府の迎えが来たのだろう。

しかし、風靡《ふうび》さんの行く末を知っている者はいない。そしてもう一人、ライアン・ホワイトも。彼ら彼女らの戦場にはいなかった俺には、知る権利すらない物語だった。

「必ず戻るって言ってた」

渚《なぎさ》が口にする。彼女はギリギリまであの世界で、加瀬《かせ》風靡と共にいた。——だったら信じよう。《名探偵》の言葉を。《暗殺者》の正義を。

「消えた存在といえば、アベルもよね」

するとシャルがその時のことを思い出すように言う。

あの世界で俺は一時的にアベルを押さえ込んでいたが、アカシックレコードを破壊した直後、奴《やつ》の声がどこかから響いた。

『計画はこれで終わらない。世界にはまだ大きな秘密が残っている』

言葉の真意を確かめる前に、あいつはどこかへ消え去った。

結局のところ《虚空暦録《アカシックレコード》》とは、地球上のあらゆる事象をプログラムのように操作できるという真実——そしてそれを行うシステムの中枢を指す言葉だった。

だがアベル曰《いわ》く、この世界にはまだ秘密が残っているらしい。それは奴の目的である世界の反転に関係することなのか。恐らくアベルはこれから、アカシックレコード及びシステムの復元を目指すはずだ。己の《暗号《コード》》で新世界を管理するという野望のために。

「でも、まさか守屋《もりや》教授がアベルだなんてね……」

渚は、信頼していた教授の正体にショックを受けていた。

一週間前、守屋の正体を知った俺たちは、こっちに戻ってすぐに大学に問い合わせた。

だがその時にはもう、守屋教授なる人間は存在していなかった。

「影も形もないんだもん。もう頭おかしくなりそう」

「ああ。ホラーというかSFだな、こうなると」

転勤だとかそういう話ではなく、最初からそんな人間はこの世界にいなかったかのように……たとえば催眠術師としてテレビに出ていた形跡もなければ、学生に聞いても誰もそんな人物は知らないと口を揃《そろ》えた。心理学部には、俺と渚だけまったく知らない教授が代わりに勤めていた。

「コードを使ったんだろうな」

あいつ風に言うならば《忘却のコード》といったところだろうか。世界のプログラムを書き換え、守屋という存在の記録をすべて消したのだ。

「にしても、現状でもこれだけのことができるのね。アベルは」

シャルはその異常性にため息をついた。

今回の敵は、あまりにもスケールが違い過ぎる。

「そりゃ《七大罪の魔人》なんて怪物も作れるわけだ」

アベルの手にかかれば、《暗号《コード》》の準備さえ整えば地球上の常識を覆すことは容易《たやす》い。いくらでもプログラムを弄《いじ》り、機械的にこの世界の概念を変えてしまう。

「でも守屋《もりや》なんていう存在《キャラ》まで自由に設定できるんだったら、どうして昔は《種》まで使って姿を変えてたんだろうな」

去年の夏頃、数週間だけ目覚めていたシエスタと共にニューヨークで《怪盗》に……アベル・A《アルセーヌ》・シェーンベルクに会った時、奴《やつ》はシード由来の《種》の力でフリッツ・スチュワートに化けていた。

「自分の《暗号》の力を隠しておきたい意図はあったんじゃない？」

渚《なぎさ》が言う。確かにそれはあるかもしれないが……。

「わざわざシードと取引をしてまでやること？」

シャルが俺と同じ疑問を呈する。かつて《怪盗》はシードから《種》を譲り受ける代わりに《聖典》を盗み出すという取引を交わしていた。

「アベルにもそうするだけのメリットが他にあったのかも。ミアの時計台に侵入して《聖典》を見るメリットが。例えば……」

と、渚の視線がこっちに向く。俺か……。

「ああ。昔、シンギュラリティという名のついた《聖典》があったのを巫女《みこ》の時計台で見たことがある。アベルはそれを盗み見たのかもな」

あいつがその頃から本当に《特異点》を警戒していたとすれば、だが。

「でも待って。やっぱりシードとそんな面倒な取引をしなくても、アベルなら簡単に《聖典》を盗めたんじゃないの？　さっきと同じような質問になるけど」

「いや、それについてはシャル。お前も知ってると思うが《聖典》は通常、《連邦政府》の人間すら手を出せない禁忌の道具だ。恐らくそれは建前のルールではなく、《システム》が作り出した厳格な仕組みだったんだろう」

ゆえに《聖典》はアベルでさえそう簡単には手を出せなかった。そこで奴はシードを利用する手を思い付いた。

「覚えてるか？　昔シエスタとミアがあえて《聖典》を盗ませようと企《たくら》んでたことを。それはシードを欺き未来を変えるための罠《わな》だったわけだが……アベルにとってはそういう理屈が必要だった。理屈《プログラム》さえあれば《システム》を騙《だま》せることをアベルは知っていたんだ」

アベルはいつも犯罪計画を綿密に立てる。正しい理屈、矛盾を廃したロジック。そして破綻のない物語。どれも《システム》が好むものだ。その上でアベルは《暗号》を用いて《システム》を悪用する。

「今のアベルはハッカーのようなものなのかも」

渚が現時点での推測を立てる。

「だからこれまでずっと犯罪計画《プログラム》の実験をしていて……アカシックレコードを盗み出すことで、この世界の正式な管理者《しはいしゃ》になろうとしている」

「……ああ、そうなればもうアイツにできないことはなくなるだろうな」

それこそ《特異点》を消すことだって、次は一瞬でやってのけるかもしれない。

「でもワタシたちがアカシックレコードを破損させたことで、アベルの計画にもずれは生じたはず。《システム》の復元にもきっと時間はかかる」

シャルもまた冷静な分析を試みる。無論そうであってほしいが……油断はできない。

今はただ嫌な予感を振り払うように、俺は茶碗《ちゃわん》に盛られた雑炊をかき込んだ。

「食べてすぐ寝てたら牛になるわよ」

すると、座布団を枕に寝転んだ俺をシャルが見咎《みとが》めた。

そしてツンツンと、俺の腹を指先で突《つつ》いてくる。

「ほら、ちょっとお腹《なか》出てない？」

「そりゃ食べたばかりだからだろ……って、おい！　くすぐるな！」

「ふふ、隙だらけね」

笑うシャルの指を掴《つか》んで防ぐが、今度は逆の手で俺の脇腹を突いてこようとする。このままプロレスでもやるなら受けて立つぞと身構えていたところ、渚《なぎさ》が口を開いた。

「なんか二人、仲良くなった？」

一瞬の沈黙があった。

「別に、そんなことないだろ」

俺は冷静に言い切り、グラスのコーラを飲んだ。

「中身とっくに空だよ?」

そうか、そうだな。そうだった。

「ナギサの勘違いよ。ワタシがこの男と仲良くなんてなるはずないでしょ」

「でもシャルが君彦《きみひこ》を見る目、前より優しくなってない?」

「名探偵ともあろう者が、観察眼なってないわよ。そんなことよりご飯にしましょ」

「〆《しめ》まで綺麗《きれい》に食べたでしょ」

二人してグダグダだった。

今となっては思い出せないというか、思い出すわけにもいかないというか。

なんだか最近、顔から火が出るような出来事が俺とシャルの間にあった気がしないでもないが……忘れた。誰がなにを言おうと忘れた!

手を繋《つな》ぐはずもなければ、信頼の言葉を語り合うわけもない。今日も俺とシャルはいつも通り犬猿の仲なのだ。

「そうだろ、シャル」

特になにとは言わず、同意を求める。きっと彼女も同じことを考えているはずだった。

しばらく真顔で見つめ合い、やがて破顔したシャルはこう言う。

「ええ、アナタのことなんて大嫌いよ」

こんなストレートな悪口が、悪口に聞こえないのも珍しいものだった。

「というか、こういう話になるならワタシだって気になることはあるけど？」

と、シャルが半眼で俺たちを……俺と渚《なぎさ》を睨《にら》む。


「一体いつからアナタたち、名前で呼び合うようになったわけ？」

夏凪《なつなぎ》から渚に。君塚《きみづか》から君彦《きみひこ》に。

その核心的な問いに、今度は渚と顔を見合わせた。

「……あー、それは」

「……な、内緒で」

俺と渚の回答に、シャルの審判は。

「今日は長い夜になりそうね？」

エージェントの圧に負けた俺たちは、一週間前の出来事について話し始めたのだった。

【1week ago Nagisa】

「君塚、なにを見てるの？」

花瓶の水を替えて病室に戻ると、君塚はベッドに座った状態で窓の外を眺めていた。

さっきまで正面を向いていたはずだったから、自分で窓の方を振り向いたらしい。だから今の彼はいわゆる植物状態ではない。目も開いている。

でもその瞳はなにも見ていないし、もちろん返事もしてくれない。窓の外を眺めているように見えるのも、人としての無意識の習慣が残っているだけなのかも。

「もうすっかり秋の雲だね」

君塚が《喪失のコード》によってこうなってしまってから三週間以上、いまだに大きな変化は見られない。

「大学だって後期の授業始まってるのに。早く来ないと単位取れないよ？」

返事はないと分かっていて、それでもあたしは一方的に話しかける。

リルは言った——あたしの《言霊《ことだま》》は、誰の全身の細胞にも届くからと。ミアは言った——古来、特別な役割を果たしてきた《名探偵》の因果は今あたしに集まっていると。唯《ゆい》ちゃんは依頼してくれた——他の誰でもないあたしに、君塚を助けてあげてほしいと。

だから。

「あたしがやらないと」

でも、このままただ喋《しゃべ》りかけるだけでは多分ダメで……。なにか方法を考えないといけない。シャルや風靡《ふうび》さんにも連絡が取れなくなった。きっと彼女たちなりに行動を起こして使命に向かっているはずだ。もう悠長にしていられる時間はない。

小さく深呼吸をして君塚《きみづか》の横顔を見つめる。彼はまだ窓の外を眺めていた。あたしもそれに倣って視線を窓へ。青空に、小さな飛行機の影が見えた。

「あれが見たかったの？」

そういえば君塚は、昨日もこの時間こうしていた。色のない瞳で、それでも空を見上げていた。地上一万メートルの空の上を――

「――そっか。君塚はあの場所に戻りたいんだ」

人としての無意識の習慣で窓の外を見ていたんじゃない。探偵助手として今も君塚はあの空の上を目で追っているんだ。

「そうだった。君塚、あんたは……」

君塚は救いを待っているだけの依頼人じゃない。

彼はいつだって、あたしたち全員が幸せになれるような、たった一つの結末《ルート》を探し求めてる――それが君塚君彦《きみひこ》の《意志》なんだ。

「ちょっと待ってて！」

　あたしは思わず病室を飛び出す。と、誰かとぶつかりそうになった。

「ごめんなさ……って、ノーチェス？」

　シエスタと瓜二つ《うりふた》のメイド少女。手には紙袋、君塚の着替えが入っている。

「渚《なぎさ》、そんなに慌ててどこへ？」

「あー、あたしも着替え！」

　具体的になんの、とは恥ずかしくて言えないけど。

　ノーチェスは最初きょとんと首をかしげ、でもそれからわずかに口角を上げた。

「よくは分かりませんが、いい顔をしていますね」

「あなたもね！」

　ノーチェスに少しの間、君塚の話し相手を任せてあたしは家に帰った。

　バタバタと玄関で靴を脱ぎ、一直線にクローゼットへ向かう。目的のブツはその一番奥にひっそりと仕舞《しま》ってあった。

「一応取っておいてよかった」

　あたしは急ぎそれを手に取って……おまけにもう一つ大事なものを握り締めて病院に蜻蛉《とんぼ》返《がえ》りする。

　病室に戻ると、君塚はベッドに腰掛けたまま正面を向いていた。ノーチェスはなにかを察してくれたのかもう姿がない。あたしは病室のカーテンを仕切り、着替えを始めた。

あたしがクローゼットで回収してきたのは、高校の制服だった。

夏の時期に着ていたセーラー服。体型はあの頃とあまり変わってない。一応、問題なく着られる。でも……。

「な、なんでこんな恥ずかしいんだろ」

去年まで普通に着てたのに……まだコスプレ感はないよね？

念のため手鏡を開いて自分を見てみる。

「ちょっと必死過ぎかな」

こんなに息を切らして、高校の制服まで着て顔を赤くして。いつだったかシャルにも不思議そうにされたっけ？ なんであたしは君塚《きみづか》のためにそんなに必死になるのかって。

「仲間だから。ビジネスパートナーだから。同級生だから。助手だから。あとは……」

あたしが君塚のことを好きだから。

声には出さない。万が一どこかで誰かに聞かれたら嫌だから。あたしが自分で分かってさえいればそれでいい。

「うーん、やっぱりポニーテールには足りないか」

鏡に映った自分を見て、まだちょっと短い髪を指でいじる。

「ま、これで許してよね」

約束の赤いリボンできゅっと色んなものを引き締めて、あたしはカーテンを開ける。

君塚はさっきと同じようにベッドに座っていた。どこも見ていない、なにも聞いていない。そんな熱を失った彼に、あたしはツカツカと歩み寄りこう尋ねた。

「あんたが名探偵？」

返事はない。当たり前だ。だったら。

「黙ってないで答えて。あんたが噂《うわさ》に聞く名探偵——君塚君彦《きみひこ》なの？」

あたしは彼の胸ぐらを掴《つか》んだ。

こんなの病人に対してやっていい行動じゃないけど。でもこれがあたしたち二人の、あの放課後の教室での出会いだったから。

でも、やっぱり返事はない。あの時は君塚が「人違いだ」なんて言って、出て行こうとしたんだっけ？　そんなあんたにあたしは腹が立って……左胸の心臓にも促されるように、グッと距離を詰めて啖呵《たんか》を切ったんだ。

「あたしの質問を無視するつもりなら容赦なく、あんたの」

そう、確かこんな風に。

「あんたの唇にキスするから」

なんて、ね。

冗談、冗談。ちっちゃく咳払《せきばら》いをして、改めて君塚《きみづか》を見つめる。

「もし君塚があたしを認識できなくなっちゃったとしても、あたしは君塚と何度だって出会い直すよ」

もし手術後に目覚めたシエスタがすべてを忘れていたとしても、そうすると決めているように。あたしは探偵と助手の出会いを何度でも語って、何度でも再現する。

探偵と助手には色んな出会いがあった。

たとえば警察署での白銀月華《しろがねげっか》と君塚の出会い。その後の、地上一万メートルの空の上でのシエスタと君塚の出会い。あるいはロンドンでの、探偵代行だったアリシアと君塚との出会い。そのどれもが君塚にとっては意味のある出来事だったと思う。そう信じてる。

でもあたしが選んだ出会いはこれだった。先代とも比べず、探偵代行としてでもなく、ちゃんと名探偵になった今の自分に誇りを持って、あたしは右手を彼に差し出す。

これまでちゃんと口にしてこなかったこの言葉が、きっと叶《かな》う言霊《ことだま》になると信じて。

「ねえ、君塚——あたしの助手になってよ」

長い、長い静寂があった。

あたしは待って、待って、待ち続けて、ほんの少しだけ怖くなって、視線を落としてしまう。風が吹いて、カーテンが揺れるのが視界の端に映った。

「あんた、名前は？」

声が聞こえた。顔は上げられない。

色んな感情がないまぜになって、まだ顔は上げられない。

五秒経《た》って、十秒経って、勇気を出して、その声の方を見る。彼の顔を見る。

どこか不思議そうな、でもなにかを期待しているような。そんな表情を浮かべた青年が
——君塚君彦《きみひこ》がそこにはいた。はやる気持ちを抑えて、あたしは言葉を探す。

「あたしの名前は」

小さく息を吸う。少しだけ呼吸を止めて、やっぱり一度だけ床を見る。

幾つかの言葉が浮かんでは消えて、でもやっぱり答えはこれしかない。

だからあたしは精一杯顔を上げて、笑顔でこう言った。

「あたしの名前は——渚《なぎさ》!」

夏凪《なつなぎ》渚！　胸を張って、他の誰でもない名探偵《あたし》の名前を口にした。

刹那、君塚の瞳が驚きで見開かれる。

「——そうか」

納得したように。もしかすると、すべてを悟ったように。思い出したように。

彼は柔らかな微笑を浮かべてこう言った。

「じゃあ、これから渚と呼ばせてもらおう」

【未来から贈るエピローグ】

「これが今回、俺が思い出したすべてだ」

廃墟《はいきょ》の崩れかけた入り口近く、階段に座った俺はふーっと長い息を吐き出す。長話をするため何度か場所を変えたが、今は開けた夜空の下にいた。

「《怪盗》アベル・A《アルセーヌ》・シェーンベルク。それがあの頃の助手たちの敵だった……」

シエスタが振り返るように呟《つぶや》く。これまでの《聖遺具《せいいぐ》》によってその存在は徐々に思い出せていたが、今回でより明確になった。

「やはり俺たちは、あいつに記憶を盗まれていたのか？」

記憶だけじゃない、この世界の記録も。アベルの大規模な《忘却のコード》によって、すべては失われてしまったのだろうか。

「でも助手。だとすると、アベルはまだ生きている可能性が高いということになる」

「……ああ、俺たちはあいつを討ち損ねたままなのかもしれない」

取り戻した記憶の中で、最後にアベルは再来を予言していた。

その後は一体どうなったんだったか。……戦ったはずだ。その覚えはある。あくまでも俺の脳裏から消えているのは《怪盗》、《虚空暦録《アカシックレコード》》、《特異点》、それらのワードだけ。

だが肝心なデータが欠落した記録《ログ》は、記憶としては不十分。俺はあの後起きたアベルとの決着を本当の意味では覚えていなかった。

「…………」

俺はさっきから一人、口を閉ざしていた人物に目を向ける。

加瀬風靡《かせふうび》――彼女があの世界の果てで最後になにをしたのか。それを俺は今日、初めて知った。知ってしまった。

もしかすると。彼女は約一年もの間、あの罪を抱いて牢獄《ろうごく》に入っていたのだろうか。《連邦政府》が科した真偽不明の国家反逆罪。だが加瀬風靡にとってそんなことは関係なく、人知れず犯した罪を、せめて一年をかけて償おうとしていたのではないだろうか。

……けれど、それを俺は尋ねない。

仮説を実証するのが探偵と助手。空想を物語るのは小説家にでも任せておけばいい。少なくとも、彼女自身がそのことについて口を開かない限りは。

「世界の片隅も悪くないな」

風靡さんは煙草《たばこ》を吹かしながら夜空を見上げる。

街灯もビルの光もない田舎には、代わりに満天の星だけがあった。

「私たちは今ここにいる」

同じように上を向いてシエスタが言う。

「ぬかるんだ大地を踏みしめて、荒れた海の上を船で走って、あの星に限りなく近づく上空一万メートルを旅客機で飛ぶ。だけど結局、どこにいたって私たちは地図の中にいる。いつだって、ここで生きてる」

ああ、そうだ。地図を書き換えるんじゃない。地図の中を歩いている。あの頃も今も、俺たちはずっと冒険の続きをしている。

「助手、電話鳴ってるよ」

「ん？　ああ、気付かなかった」

画面に表示された名前は夏凪渚《なつなぎなぎさ》。ミアも一緒だろうか。

俺は通話ボタンを押し、スピーカーに切り替えた。

『もしもし、君彦《きみひこ》？　あの人が見つかったって本当？』

「ああ、近くで美味《うま》そうに煙草を吸ってる」

風靡さんを一瞥《いちべつ》すると、澄ました表情で顔を逸《そ》らされた。

「《聖遺具《せいいぐ》》も見つかって、過去のことについても進展があった。この後メールするが……色々と覚悟しておいてくれ」

『……そっか。けど、実はこっちも少し変わったことがあって電話したの。ちょっと代わるね』

すると渚《なぎさ》は誰かに電話を渡す。

やがて聞こえてきたのは、どこか懐かしい男の声だった。

『久しいな』

「その声は……大神《おおかみ》か？」

間違いない。元《執行人》、大神だ。

最後に会ったのは確か……一年以上前だったか。

「どこでなにをやってたんだ？」

『語るほどのことはない。所詮、腕もなくした身だ』

大神は電話口で自嘲する。だが確かスティーブンに義手を宛てがわれ、少なくとも日常生活に困ることはなかったはずだが。

「今はなにを？」

『天下りで悠々自適、官僚の役所仕事だ』

「やれ、下手な嘘《うそ》だな」

一瞬の沈黙があり『なぜそう思う？』と大神は訊《き》く。

「通常、公安警察は身分を明かせない。戻ったんだろ、公安に」

『……お前に隠したところで意味はないか』

大神は軽く苦笑し、こう続ける。

『たとえ《世界の危機》がなくなろうと、公安の仕事がなくなるわけではないからな』

「あんたが公安に戻ったことは構わないが、じゃあなぜ今さら渚の前に姿を現した？」

『それは無論、名探偵に呼ばれたからだが』

「なんでそこの関係は途切れてないんだよ」

地味に連絡取り合ってたのかよ、そこの二人……。

「助手、君に渚の男性関係を縛る権利はないよ」

シエスタから冷静なツッコミが入り、俺は咳払《せきばら》いを挟む。

『ごめん、大神さん。代わって』

と、電話口からまた渚の声がする。

『実は大神さん、シャルの居場所に心当たりがあるらしいの』

「……なに、本当か？」

今現在、行方を晦《くら》ませているシャーロット。風靡《ふうび》さんとも一緒ではなかったことから、手掛かりがなくなっているところだったが……まさか大神に心当たりがあるとは。

『公安の監視対象だったテロ組織があるらしいんだけど、そのメンバーにシャルが入ってる可能性が高いって。それに気付いて大神さんが連絡をくれたの』

「シャルがテロ組織のメンバー……？」

俺だけでなくシエスタと風靡さんも同時に顔を顰《しか》める。

一体どういうことなのか。

行方不明の原因は《連邦政府》絡みだと推測していたところだったが。

「政府に対抗する行動の一環、と取れなくもないが」

風靡《ふうび》さんが煙草《たばこ》を吹かしながら考察する。確かにその線も無視はできないが……。

「でもそれなら私たちに連絡を寄越《よこ》しそうな気もする。誰かに捕まっていて連絡ができないというのなら分かるけど」

シエスタも正論を口にする。だが現状はまだ机上の空論だ。

『あたしたちはこのまま大神《おおかみ》さんからもう少し詳しく話を聞いてシャルの動向を探ってみようかなと思ってるんだけど』

「ああ、そうだな。じゃあ、俺たちは……」

俺たちは、どうするべきか。あと少し、恐らくは最後の欠けた記憶のピースがまだどこかに眠っている。また新たな《聖遺具《せいいぐ》》を探す？　だとすれば、それはどこに……。

『さっき、夢を見たの』

電話に出たのはミアだった。

『断片的だけど、幾つかのイメージが浮かび上がった。三つの祭具、大きな石板、鍵のかかった扉、そして宙に浮かぶ三角錐《さんかくすい》のオブジェ。——ピンと来るものはない？　君彦《きみひこ》、今回あなたが取り戻した記憶の中で、それに関連するものは……』

「……ああ、ある。そういうことなんだな」

宙に浮かぶ三角錐のオブジェ。俺たちがこれまで集めてきた《聖遺具》と同じ形のそれは、この世界を外部から管理しているという《システム》だ。すべてをプログラムで支配しているというあの場所ならば——

「——最後の失われた記録《ログ》は、あの管制塔に」

シエスタと目が合い、互いに頷《うなず》く。これから取るべき行動は今決まった。

『シャルは必ずあたしたちが連れ帰るから』

渚《なぎさ》がもう一度、電話口に出る。

『だから、君彦たちは……！』

「ああ、任せろ」

《大災厄》の記憶を取り戻す最後の旅へ出よう。

アカシックレコードの正体を知った君塚たちは、
《怪盗》アベル・A《アルセーヌ》・シェーンベルクの次なる襲撃に備えていた。
《巫女》ミア・ウィットロックの協力も得て
これまで《特異点》と《名探偵》が
過去に紡いできた役割を知りながら、
アベルに対抗する策を探っていく。
そんな中、遂に世界を揺るがす
巨大な危機《大災厄》が予言され――

「必ず、戻って来て」
「ああ、世界を救った後でな」
それは仲間たちと探偵助手の固い約束。

世界を救い、眠り姫を目覚めさせ、
ハッピーエンドへ至る道標。
きっと大丈夫。そう信じて旅へ出る——

探偵はもう、死んでいる。11

2024年春発売予定。

※2023年10月時点の情報です。

MF文庫J

探偵はもう、死んでいる。10

2023年10月25日　初版発行

著者　二語十

発行者　山下直久

発行　株式会社KADOKAWA
〒102-8177 東京都千代田区富士見2-13-3
0570-002-301（ナビダイヤル）

印刷　株式会社広済堂ネクスト

製本　株式会社広済堂ネクスト

Printed in Japan　ISBN 978-4-04-682766-1 C0193

●お問い合わせ
https://www.kadokawa.co.jp/（「お問い合わせ」へお進みください）
※内容によっては、お答えできない場合があります。
※サポートは日本国内のみとさせていただきます。
※Japanese text only

この作品は、法律・法令に反する行為を容認・推奨するものではありません。

【 ファンレター、作品のご感想をお待ちしています 】
〒102-0071 東京都千代田区富士見2-13-12
株式会社KADOKAWA　MF文庫J編集部気付「二語十先生」係「うみぼうず先生」係